KOLJA

Für Diana

Dieter Kermas

KOLJA

Liebe im Feindesland

Bibliografische Information der Deutschen Nationalbibliothek:
Die Deutsche Nationalbibliothek verzeichnet diese Publikation in der Deutschen Nationalbibliografie; detaillierte bibliografische Daten sind im Internet über http://dnb.dnb.de abrufbar.

© 2016 Dieter Kermas
Alle Rechte vorbehalten

Illustration: **Anna Spies**

Herstellung und Verlag:
BoD – Books on Demand, Norderstedt

ISBN 978-3-7412-6230-2

Vorwort

In diesen Roman sind die Erlebnisse und Erfahrungen aus meinen Reisen nach Russland eingeflossen. Besonders meine Ausflüge in die ländliche Umgebung Moskaus haben dazu beigetragen, das Land und die Menschen näher kennenzulernen und zu verstehen. Diese Eindrücke haben mich veranlasst, Deutschland und Russland erzählerisch durch zwei Schicksale zu verbinden.

Inzwischen sind mehr als fünfzig Jahre vergangen, und auch in Russland ist die Zeit nicht stehen geblieben, doch wenn Sie nach Russland fahren, dann fahren Sie aufs Land. Sie werden sogar heute noch die kleinen landestypischen Holzhäuser vorfinden, und je weiter Sie ins Land hineinfahren, desto mehr nähern Sie sich der Zeit, in der Kolja und seine Familie gelebt haben. Auf Ihrer Reise werden Sie sicher auch eingeladen werden. Dann haben Sie vielleicht das Glück, an einem alten Lehmofen zu sitzen, so wie jenem, an dem sich Koljas Familie gewärmt hat, und vielleicht heißt Ihr Gastgeber sogar Kolja.

Larinskaja

Nikolai zog tief die Luft ein, um den Duft zu genießen. So gut rochen nur die heißen Buchweizenblini aus der Pfanne, die sein Frauchen zubereitete. Eine Weile hatte es noch Zeit, ehe sie ihn ins Haus rief. Sie würden essen und über die Geschehnisse des Tages reden. So lange döste er zufrieden in der Wärme der tief stehenden Spätsommersonne. Der Abendwind wehte durch das angrenzende Sonnenblumenfeld, und dessen herber Geruch mischte sich mit dem der Blini, den er tief in seine Lungen sog.

Wie oft hatten Michael und Maria versucht, die Eltern zum Umzug in einen der nicht weit entfernten Neubaukomplexe zu überreden! Dort wäre es doch so viel angenehmer mit der zentralen Heizung, dem Warmwasser und den gepflasterten Wegen. Nicht zu vergessen die nahen Einkaufsmöglichkeiten. Sie müssten nicht jeden Tag, oft bei Sturm und klirrender Kälte, das Wasser vom Brunnen holen und den alten Lehmofen mit Unmengen Holz und Kohle füttern.

Stets beendete Nikolai das Gespräch mit dem Argument, dass er die Wohnungen von Mischa und von Maschas Familie ja kenne. Er sei jedes Mal froh, wenn er den Neubau verlassen dürfe, um dem durchdringenden Geruch von Essen, dem Gestank der Abfallbehälter, der Neugier anderer Mieter und dem Lärm der Kinder zu entkommen. Nein, aus dem Haus, das sein Vater nach guter alter Art und Weise aus solidem Holz erbaut hatte, bekam man ihn nicht heraus. Besonders unwirsch reagierte er, wenn Mischa

Koljas Alter und die damit verbundene Beschwerlichkeit der täglichen Arbeit mit ins Spiel brachte.

»Ihr seid in euren jungen Jahren schon so verweichlicht, dass man Angst haben muss, wie es euch erst im Alter ergehen wird«, brummte Nikolai und beendete die Diskussion mit einer energischen, abwertenden Handbewegung. Danach konnte ihn auch Maschas Einwand »Kolja, wir machen uns doch nur Sorgen um euch« nicht dazu veranlassen, das Thema wieder aufzunehmen.

Niemand brächte ihn hier fort. Nein und nochmals nein. Er würde weiterhin eins sein mit der Natur, die ihn mit all ihren Gaben verwöhnte. Konnte man im Neubaugebiet im Frühling dem Ruf des Kuckucks lauschen oder dem Rauschen des Windes in den Zweigen der Birken? Konnte man Bienen beobachten, wie sie emsig durch die Blütenpracht des Gartens summten und zu den Sonnenblumen flogen, um ihm im Herbst ihren Honig zu schenken? Weder ein zentralgeheiztes Zimmer im Winter noch die Annehmlichkeit einer warmen Dusche konnten dies wettmachen. Nein, hier würde er sitzen bis zum Ende seiner Tage

Das Haus der Markows lag etwas außerhalb von Larinskaja, einem kleinen Dorf östlich von Moskau. Es war ein typisches russisches Holzhaus. Für die Vorderfront hatte Koljas Vater ein helles Himmelblau gewählt. Die in mühseliger Kleinarbeit herausgesägten und geschnitzten Verzierungen, die sich an der Vorderseite des Giebels entlangzogen, hatte er weiß gestrichen. Selbst die Latten des Zaunes waren an den

Spitzen blau und weiß bemalt. Auf der windgeschützten Seite des Hauses stand eine geräumige, warm ausgepolsterte Hundehütte. Ihr Dach hatte er mit Blech beschlagen. Wenn es regnete, trommelten die Tropfen ihr eintöniges Lied in die Hundeohren. Kolja verstand seinen Hund recht gut, wenn der bei prasselndem Regen lieber unter dem Vordach des Hauses Schutz suchte, als sich dem Trommelwirbel in seiner Hütte auszusetzen.

Oft bedankte sich Kolja im Stillen bei seinem Vater, dass er das Haus recht weit von den Sümpfen entfernt gebaut hatte, denn im Sommer standen Wolken von Mücken über dem Feuchtgebiet. Die Plagegeister warteten nur darauf, sich auf leichtsinnig zu nahe kommende Menschen zu stürzen. Sechs Kilometer östlich von Larinskaja fließt der kleine Fluss Sudogda. Dort ließ es sich herrlich fischen, und die Kinder aus der Gegend trafen sich hier, um zu schwimmen. In diesem Flüsschen hatte sein Vater auch ihm das Schwimmen beigebracht.

Mit dem Auto waren es so an die zweihundertneunzig Kilometer bis zur Hauptstadt. Luftlinie sogar nur zweihundert, aber die Straße hatte mit großen Umwegen um die Seen und Sumpfgebiete gebaut werden müssen. Ehe jedoch die Bewohner des Dorfes zur gepflasterten Straße gelangten, mussten sie die Lehmwege hinter sich bringen. Besonders im Frühling, wenn der Frost gewichen war, war dies eine knöcheltiefe, aufgeweichte Herausforderung. Mancher Stiefel blieb im schmatzenden Lehmbrei stecken, ehe er von seinem Besitzer fluchend und auf einem Bein balancierend herausgezogen werden konnte.

Bis auf die ausgedehnten Sumpfgebiete war Larinskaja von Wäldern umgeben. Felder anzulegen war sehr mühselig, und man tat es nur für den eigenen Bedarf rund um die Datscha.

Koljas Vater hatte in jungen Jahren eine Beschäftigung in der Holzwirtschaft gefunden. Der Lohn war zwar gering gewesen, aber Holz für den Hausbau und für die Heizung hatten sie jederzeit ausreichend zur Verfügung gehabt. Später, als die Industrialisierung von der Partei mit großem Propagandaaufwand vorangetrieben wurde, hatte er eine besser bezahlte Anstellung in einer Fabrik gefunden.

Fünfundzwanzig Kilometer südlich von Larinskaja gab es ein ausgedehntes Neubaugebiet mit vielen grauen Plattenbauten und eine staatliche Kristallmanufaktur. Die Häuser gehörten zur Fabrik, und fast alle Arbeiter und Arbeiterinnen der Manufaktur wohnten auch dort. Vor der Oktoberrevolution 1917, so hatte Koljas Vater erzählt, lief man sonntags die fünf Kilometer bis nach Dubasowo, wo sich die nächste Kirche befand, um sich den Segen des Popen abzuholen. Nach der Machtübernahme durch die Kommunisten dauerte es nicht lange, und die Kirche verzeichnete einen großen Mitgliederschwund. Selbst an besonders hohen Feiertagen wie zum Osterfest fanden sich nur wenige kopftuchverhüllte alte Frauen ein.

Wollte Kolja nach Moskau fahren, so nahm er den Bus bis Neschajewskaja, und dann waren es noch gut dreißig Stationen und Haltepunkte mit der Elektritschka, dem schnellen Elektrozug, bis zur Metropole.

Die Sonne stand jetzt so tief, dass sie nur noch seinen Oberkörper erreichte. Die Kühle kroch von den Füßen langsam höher. Er reckte sich etwas, damit das Blut wieder leichter fließen konnte. Ein kurzer stechender Schmerz ließ ihn in der Bewegung innehalten. Da war es wieder, das Ziehen im Oberschenkel, wo der kleine Granatsplitter ihn ab und zu immer noch an längst vergangene Ereignisse erinnerte. Er war damals im Lazarett nicht entdeckt worden. Besonders im Winter, wenn die Kälte durch die Kleidung drang, machte sich das Andenken an seine Soldatenzeit unangenehm bemerkbar.

Kolja schloss die Augen, und seine Gedanken begannen in die Vergangenheit zurückzuwandern.

Kolja muss an die Front

Im März 1944 machten sich die Verluste an Menschen und Material auf beiden Seiten immer gravierender bemerkbar. Der Krieg dauerte nun bereits fast drei Jahre. Die faschistischen Eindringlinge hatten ihre erste schwere Niederlage hinnehmen müssen. Im sogenannten Kursker Bogen waren die deutschen Panzertruppen nach tagelangen Gefechten stark geschwächt worden. Diese entscheidende Schlacht im Juli 1943 bei Prochorowka hatte den sowjetischen Truppen wieder Mut und Zuversicht gegeben. Hinzu kam, dass sich die Nachricht von der Kapitulation der 6. Armee unter General Paulus vor Stalingrad blitzschnell verbreitet hatte. Hoffnungsvolle Genugtuung erwachte in allen Menschen. Sollte es doch gelingen, die Okkupanten von Russlands Erde zu vertreiben?

In diesen Stunden des Aufatmens erhielt Kolja ein Schreiben der örtlichen Kommandantur. Er wurde aufgefordert, sich am kommenden Montag bei der angegebenen Sammelstelle einzufinden. Die Heeresführung griff schon seit einiger Zeit auf die Reserven zurück, um die großen Verluste auszugleichen. Eilig und aufgeregt lief er seiner Mutter entgegen, um ihr die Nachricht zu überbringen. Doch auf Lidias Gesicht zeigte sich keine Spur der erwarteten Freude. Sie zog die Stirn in Falten und sagte nur leise: »Ich hatte gehofft, dass du nicht in den Krieg ziehen musst. Denk an Onkel Wanja und an Vaters Bruder, Onkel Leonid, die ihr Leben bereits für das Vaterland geopfert haben!«

»Das wird sicher nicht mehr lange dauern«, meinte Kolja voller Überzeugung, »unsere tapferen Soldaten haben den Feind in die Flucht geschlagen, und bald sind wir in Berlin!«

»Sei nicht so übermütig, verwundete Raubtiere können auch noch beißen«, warf sein Vater Nikita ein. Im Gegensatz zu seiner Frau war er stolz darauf, dass sein Sohn seinen Arbeitsplatz in der Fabrik nun gegen den Dienst in der Armee tauschen musste. »Du musst für mich mitkämpfen«, ermutigte er ihn, »denn seit meinem Arbeitsunfall kann ich leider nicht mehr eingezogen werden.«

»So können nur Männer reden!«, warf Lidia vorwurfsvoll ein. »Ich verstehe, dass ihr alles, auch euer Leben, für eure Heimat geben würdet, aber versteht auch mich. Wie sollte mein Leben ohne Sohn noch einen Sinn haben? Es ist zwar bedauerlich, dass Vater durch den Unfall oft Schmerzen hat, aber ich bin glücklich, dass er nicht in den Krieg ziehen muss und nicht erschossen werden kann.« Sie setzten sich an den Küchentisch. Keiner von ihnen fand die Worte für ein neues Gespräch. Kolja senkte den Kopf und sah auf die Tischplatte. Seine anfängliche Begeisterung war deutlich verflogen. Lidia sah ihren Sohn unauffällig von der Seite an, als wollte sie sich sein Gesicht noch einmal einprägen, ehe er das Haus verließ. Ein Lächeln huschte über ihr Gesicht, als sie seine weißblonden Haare betrachtete, die wie fast immer trotzig, ungebändigt und leicht lockig vom Kopf abstanden. Kolja hatte wohl bemerkt, dass sie ihn musterte. Ihre Blicke trafen sich, und wieder einmal stellte sie fest, dass er wohl die schönsten blauen Augen in der ganzen Umgebung hatte, genauso blau wie die seines Vaters. Seine breiten Schultern, seine kräftigen, schlanken Hände und seine stattliche Größe ließen ihr Mutterherz höher schlagen. Diesen Sohn im Krieg zu verlieren, konnte und wollte sie sich nicht einen Moment lang vorstellen.

»So, jetzt müssen wir uns überlegen, was Kolja mitnehmen muss«, sagte sie.

»Ich bekomme doch sicher alles von der Armee«, mutmaßte Kolja.

»Das Wichtigste schon, aber etwas von zu Hause musst du bei dir haben. Ich denke, ein Paar Socken mehr und ein Stück Speck können nicht schaden.«

»Vergiss nicht deine Musik«, ergänzte lächelnd der Vater und meinte Koljas Mundharmonika. Ein derart hektisches Treiben begann im Haus, dass sich Kater Borja eiligst einen ruhigen Platz auf dem Ofen suchte. Noch bis tief in die Nacht wurden neue Vorschläge gemacht, Adressen notiert, und es wurde Kolja immer wieder das Versprechen abgenommen zu schreiben, sobald die Umstände es zuließen. Dann begab sich die Familie zur Ruhe. Lange noch kreisten in Koljas Kopf die Gedanken um das, was ihn wohl erwarten würde. Als im Morgengrauen der Wecker lärmte, war ihm, als hätte er nur einige Minuten geschlafen.

Die Tage bis zur Abreise vergingen rascher, als Lidia es sich gewünscht hatte. Kolja wurde von seinen Kollegen im Betrieb teils neidisch, teils etwas besorgt verabschiedet. Doch alle verbargen ihre wahren Gedanken hinter lächelnden Gesichtern und halfen Kolja mit aufmunternden Sprüchen über den Abschied hinweg. Wer bereits gefallene Familienmitglieder zu beklagen hatte, vermied es, darüber zu sprechen.

Mit einer Freundin musste er seinen Abschiedsschmerz nicht teilen, da er sich vor einigen Wochen von einem Mädchen getrennt hatte. Sie waren sich im Betrieb nähergekommen und einen Sommer lang miteinander gegangen. Von seinen Schulkameraden waren einige bereits eingezogen worden.

Die wenigen Bekannten, die in seiner Nähe wohnten, wünschten ihm alles Gute und eine schnelle, gesunde Heimkehr.

Der Tag der Abreise war gekommen. Die Familie setzte sich noch einmal schweigend zusammen, wie es der alte russische Brauch verlangt, um dem Abreisenden in Gedanken einen glücklichen Weg zu wünschen.

Bei der Sammelstelle fanden sich allmählich die neuen Kameraden ein, begleitet von ihren Familien. Man nickte sich zu, und manch ein Gesicht war Kolja aus dem eigenen Betrieb oder aus der Nachbarschaft bekannt. Die ersten Offiziere zeigten sich, die Unruhe wuchs. Ohne ein Wort steckte Lidia ihrem Sohn noch schnell eine kleine Metallikone zu. Kolja wehrte ab: »Was sollen meine Kameraden von mir denken?«

Doch Lidia sah ihm in die Augen und sagte: »Schaden kann sie sicher nicht, man kann ja nie wissen, was kommt!«

Eine energische Stimme befahl den Reservisten, sich in Reih und Glied aufzustellen. Letzte Umarmungen, Küsse, Tränen, dann standen die Zurückbleibenden wie ein verlorener Haufen beieinander, während sich die Männer formierten und einige etwas verlegen versuchten, kleine Abschiedsgeschenke zu verbergen. Ein weiteres Kommando erschallte, die jungen Burschen zuckten zusammen, und im noch nicht perfekten Gleichschritt begab sich die Kolonne, angeführt von einem Unteroffizier, von der Straße in einen nahen Hof, der durch einen Bretterzaun abgeschirmt war. Ein Posten schloss das Tor, während sich die Menge der zurückbleibenden Angehörigen langsam auflöste und nach Hause strebte.

Kolja und seine neuen Kameraden wurden geschoren, eingekleidet und ausgerüstet. Schließlich fanden sie alle im Schlafsaal zusammen. Bevor sich jedoch nächtliche Ruhe einstellte, führten sie Gespräche, tauschten Vermutungen über den weiteren Weg aus und suchten erste Kontakte. Koljas Gedanken drehten sich um sein Zuhause, um seine Eltern, um sein Heimatdorf und um seine Freunde. Wie sehr hoffte er, alle und alles wiederzusehen! Dauerte der Krieg noch lange, oder könnte er im Herbst bereits wieder zu Hause sein? Dann ebbte das Gemurmel allmählich ab, und der Schlaf gewann die Oberhand.

Früh, sehr früh wurden die Schlummernden unsanft durch eine befehlsgewohnte Stimme zum Aufstehen aufgefordert. Schlaftrunken und augenreibend eilten sie zum Waschhaus, um dann so schnell wie möglich in ihre Sachen zu kommen. Es blieb wenig Zeit bis zum Frühstück, und auch dieses war knapp bemessen. Nach dem Antreten wurde den jungen Soldaten dann mitgeteilt, dass sie nun mit Armeelastwagen bis zum Zug gebracht würden.

Als die Frühlingssonne höher stieg, wurde es recht warm unter den Planen, die bis auf die Rückseite geschlossen waren. Die Kameraden, die hinten saßen, hatten es gut. Sie konnten sich die Gegend ansehen, sich den frischen Wind um die Nase wehen lassen und den glitzernden Schnee sehen, der erst an wenigen Stellen zu schmelzen begonnen hatte. Die Lastwagen brummten monoton und einschläfernd durch die erwachende Natur, so dass die Köpfe einiger Kameraden vor Müdigkeit nach vorne sanken. Um sich munter zu halten, begann erst einer, dann ein anderer Witze zu erzählen. Einige berichteten von zu Hause, meist diejenigen, die ein Mädchen hatten zurücklassen müssen. Drei Kameraden hatten sich erst kurz vor ihrer Einberufung verlobt. Grinsend bemerkte Koljas Nachbar, Leonid Antonow, den Kolja aus dem Nachbarort kannte, das sei keine Garantie für die Treue der Mädchen, doch als er Koljas vorwurfsvolles Gesicht sah, stieg Röte in sein Gesicht. »Ich meine ja nur!«

Die Fahrt war nicht sehr bequem. Die Lastwagen, die der russischen Armee zur Verstärkung ihrer Transportmittel von den Amerikanern geliefert worden waren, ließen jeden Stoß auf der holprigen Straße ungefedert bis in die Sitzbänke durch. So waren alle froh, als sie nach einigen Stunden den Bahnhof erreichten. Anhand der immer breiteren Straßen und des stärkeren Verkehrs hatten sie bereits erkannt, dass sie sich Moskau näherten.

Etwas steifbeinig kamen die Soldaten der Aufforderung abzusteigen nach und stellten sich auf, während weitere Lastwagenkonvois eintrafen und sich ihrer Fracht entledigten.

Kolja ging es durch den Sinn, dass er bereits fast dreihundert Kilometer von seinem Dorf Larinskaja entfernt war. Er fragte Sergej Semjonow, seinen Schulkameraden, der gleich neben ihm stand. »Serioscha, was denkst du, wie weit es noch bis Berlin ist?«

»Hast wohl nicht gut aufgepasst in der Schule«, neckte ihn dieser, »so an die eintausendachthundert Kilometer werden es wohl sein!«

»So weit! Na, hoffentlich müssen wir diesen langen Weg nicht nur marschieren«, argwöhnte Kolja.

Ein Feldwebel forderte sie auf, ihm zu folgen. Es tat gut, sich wieder zu bewegen, weil die Kälte des späten Nachmittags durch die Kleidung drang. In der Bahnhofshalle wurden warme Graupensuppe und Brot ausgegeben. Dazu tranken sie Tee. Die Verpflegungsbeutel wurden aufgefüllt, und die einzelnen Gruppen begaben sich mit ihren Vorgesetzten auf die Bahnsteige, wo die Züge bereits auf sie warteten.

»Das fängt ja gut an«, murrte einer der Kameraden, der mit seiner Brille und der ungewöhnlich langen und spitzen Nase wie eine Maus aussah. Er schien wenig Respekt vor irgendetwas zu haben, da er sich im Laufe des Tages bereits über dies und jenes mokiert hatte. »So also schickt uns Mütterchen Russland in die Schlacht, in Viehwagen, wenn mich meine Augen nicht täuschen!«

»Besser als gelaufen«, entgegnete ein langer Bursche hinter ihm.

»Hast ja Recht. Ich habe im Moment vergessen, wie schwer unser Land zu leiden hat«, lenkte die Maus ein.

Sie kletterten in den Waggon und machten es sich im Stroh bequem. Immer mehr Kameraden drängten hinterher. Endlich war der letzte Mitreisende eingestiegen, und die Tür wurde krachend zugeschoben. Kurz darauf pfiff die Lok, der Zug ruckte an und verließ den Bahnhof.

Damit etwas Licht und Luft ins Innere des Wagens dringen konnte, öffneten sie die Waggonluken. Als einer der Kameraden seine Papirosa anstecken wollte, wurde er sofort ermahnt: »Pass auf, dass du nicht das Stroh in Brand steckst, sonst erreichen wir noch nicht einmal die Front!« Die Maus hatte sich indessen zu Kolja gesetzt und als »Pawel« vorgestellt. »Sag, was hast du für einen Beruf?«, fragte er, um im gleichen Atemzug fortzufahren: »Ich habe ein wenig Ahnung von Elektrotechnik und Motoren, jedenfalls theoretisch.«

»Ach so, du hast also studiert«, stellte Kolja fest.

»War mittendrin, als mich Mütterchen Russland in die Uniform steckte«, erklärte Pawel und fragte erneut: »Was machst du beruflich?«

»Ich arbeite als Mechaniker in einer Fabrik, die Teile für unsere Armeeausrüstung liefert.«

»Was für Teile und wofür?«, erkundigte sich Pawel neugierig. »Das darf ich dir nicht sagen, streng geheim«, witzelte Kolja.

Mit einem »Ist schon gut!« beendete die Maus das Gespräch.

Kolja kramte in seinem Sidor, seinem Armeerucksack, wobei ihm die Mundharmonika in die Finger kam. Er nahm sie zwischen die Hände, um sie etwas anzuwärmen. Das machte er immer so. Er war überzeugt, dass sie dadurch besser klänge. Bei den ersten probeweisen Tönen verstummte das Stimmengewirr, und jemand rief:

»He, du, Kamerad, kennst du das Lied Katjuscha oder den Sewastopolwalzer?«

»Ja, kenne ich«, erwiderte Kolja, und die ersten Töne übertönten das monotone »Rat, ratat, rat, ratat« der Räder an den Schienenstößen. Kaum hatte Kolja das Instrument abgesetzt, als bereits die nächsten Melodien vorgeschlagen wurden. So verging die Zeit recht schnell, bis sich Dunkelheit und Kälte im Wagen breitzumachen begannen.

»Nun, Kameraden, Schluss für heute«, beendete Kolja sein Konzert.

Nachdem der Beifall abgeebbt war, wurde eine Flasche von Hand zu Hand weitergereicht, bis sie bei Kolja angekommen war. »Trink auf deine Gesundheit. Du wirst es bald brauchen. Und bleib uns lange erhalten, damit wir deiner Mundharmonika auch weiterhin lauschen dürfen«, sagte ein Soldat, der etwas älter als die anderen war. »Ich weiß, wovon ich rede, bin gerade aus dem Lazarett raus und muss wieder nach vorne.«

Sofort richtete sich die gesamte Aufmerksamkeit auf ihn. »Erzähl, Kamerad, wo hat es dich erwischt?« »Meinst du, an welchem Körperteil, oder an welchem Ort?«, neckte der Angesprochene, der sich später als Ilja Petrenkow vorstellen sollte. »Es war bei der Schlacht im August vergangenen Jahres, bei Kursk, wo wir den faschistischen Eindringlingen einen Schlag aufs Maul gegeben haben. Da hat es mich an der Schulter erwischt. Glatter Durchschuss, aber leider hat es nicht gereicht, um nach Hause zu fahren.«

»Wohl keine große Lust mehr, das Vaterland zu verteidigen«, kam eine sehr junge und vorwurfsvolle Stimme aus der hinteren Ecke.

»Warte ab, wie lange deine Begeisterung anhalten wird«, entgegnete Ilja. »Wir verloren in den ersten Tagen über zwei Drittel unserer Kameraden. Meinen Schulfreund Bogdan erwischte es beim Sturmangriff. Er lief vor mir, blieb mitten im Lauf stehen, fiel rückwärts um und rührte sich nicht mehr. Mein Bauch, mein Bauch, stöhnte er. Seine Uniform war am Bauch zerfetzt, und aus dem Loch, so groß, dass zwei Fäuste reingepasst hätten, kam Blut. Ich ahnte mehr, als ich es wusste: Hier würde jede Hilfe zu spät kommen. Halte durch, die im Lazarett werden dich schon wieder zurechtflicken, versuchte ich ihn zu trösten. Plötzlich verlagerte sich das feindliche Feuer wieder auf unseren Abschnitt. Die Einschläge der Granaten lagen bedenklich nahe. Als mir die ersten Splitter um die Ohren sausten, versuchte ich meinen Freund – er hatte inzwischen das Bewusstsein verloren – in ein Bodenloch zu ziehen, um mehr Deckung zu haben. Fast hatten wir den Krater erreicht, als mir ein gewaltiger Schlag für einen Moment die Besinnung raubte. Nachdem ich wieder klar denken konnte, schüttelte ich die Erde ab und sah nach meinem Freund. Es war entsetzlich. Die Granate hatte ihn förmlich halbiert. Kopf und Oberkörper lagen vom zur Unkenntlichkeit zerrissenen restlichen Leib abgewinkelt auf der Erde, und nur einige Stoffteile der Uniform stellten noch die Verbindung der Teile her. An diesem Tag habe ich mir von einem Kameraden eine Flasche Wodka besorgt und sie ausgetrunken, um die Bilder in meinem Kopf zu vergessen. Es hat nichts geholfen. Oft genug sehe ich diesen Anblick vor mir und verfluche den ganzen Krieg und die, die ihn angefangen haben.«

Bei seiner Schilderung war es still im Wagen geworden.

Kälte strömte in den Waggon, und jeder versuchte, zum Schlafen eine möglichst bequeme Stellung einzunehmen. Den Kameraden in der Mitte des Wagens ging es gut,denn sie wurden von den neben ihnen Liegenden gewärmt, ebenso jenen, die dicht am kleinen Kanonenofen lagen, aber wer außen an der Wagenwand lag, bekam von einer Seite nur Kälte und Zugluft ab. Damit es gerecht zuginge, vereinbarten sie, dass die nächste Nacht sozusagen umschichtig geschlafen werden sollte.

Es gab nur einen kurzen Halt, bei dem die Aborteimer ausgeleert und neue Verpflegung verteilt wurde. Sobald der Tag dämmerte, versuchten einige, einen Blick aus den Luken auf die vorbeihuschende Umgebung zu werfen. Vielleicht konnte man sogar den Feind erspähen, dachte sie. Doch meist flogen an ihren Augen nur die Stämme der Birken und Kiefern wie ein nicht enden wollender Lattenzaun vorbei. Kam der Zug durch eine baumlose, noch tief verschneite Ebene, meinten manche in der Ferne Rauch zu sehen und rätselten über die Ursache.

Am zweiten Tag ging plötzlich ein starker Ruck durch den Zug, und das Kreischen der Bremsen ließ die Schlafenden hochfahren. Stimmengewirr wurde laut. Noch ein Ruck, und der Zug stand. Ehe sie sich versahen, wurde die Tür aufgerissen, und ein Befehl weckte sie endgültig auf.

»Aufstehen und marschbereit machen. Raus, raus und antreten!«, blaffte die heisere Stimme eines Feldwebels. Langsam kamen die jungen Soldaten zu sich, wozu der kalte Morgenwind seinen Teil beitrug, und stellten fest, dass sie auf einem arg zerstörten Bahnhof standen. Von den Stationsgebäuden standen fast nur noch die Außenwände. Ein kleineres Gebäude wurde gerade notdürftig mit Brettern eingedeckt. Nachdem sich alle Zuginsassen zu einer langen Marschkolonne formiert hatten und mit Verpflegung versorgt waren, verfrachtete man sie auf Lastkraftwagen. Noch war es der kleinen Gruppe um Kolja gelungen zusammenzubleiben. Sie hofften deshalb, auch alles Weitere gemeinsam durchstehen zu können.

Die Gerüchteküche kochte. »Wo werden wir hinkommen?«, überlegten sie sich. Sie wussten nur, dass sie die stark dezimierten Reihen einer Mot.-Schützenabteilung auffüllen sollten. Ob sie zur 1. oder 2. Belorussischen Front oder eventuell zur 1. Ukrainischen Front gehören würden, war ihnen noch nicht mitgeteilt worden. Am dritten Tag sahen sie aus der Öffnung der hochgeschlagenen Wagenplane die zerstörten Dörfer, zerschossene, ausgebrannte Panzer, Lastwagen und Geschütze beider Kriegsparteien.

Am vierten Tag erkannten sie an den Ortsschildern, dass sie sich im Gebiet von Brjansk befanden. Noch hatten sie keine Feindberührung. Die innere Anspannung stieg, und fast alle Gespräche gipfelten in dem ausgesprochenen Wunsch, endlich den Eindringlingen gegenüberzustehen, um sie zu vernichten.

Am Sammelpunkt angekommen, teilte man ihnen mit, welcher Front, welchem Regiment und welcher Division sie zugeteilt werden sollten. Kolja und seine kleine Gruppe kam zu den Mot.-Schützen der 1. Belorussischen Front unter Oberbefehlshaber K. K. Rokossowski. Nach einigen Tagen Ruhe und weiteren Umgruppierungen in der Truppe erhielten sie den Marschbefehl Richtung Westen. Dort hielten Verbände der Wehrmacht noch Frontabschnitte, die nun zurückerobert werden sollten. Nach der verheerenden Niederlage der deutschen Panzerarmee bei Kursk lautete die Devise, den Gegner nicht zur Ruhe kommen zu lassen und weiter westwärts zu treiben. Das war leichter gesagt als getan. Die Deutschen krallten sich verbissen in den russischen Boden und gaben erst nach schwersten Verlusten an Menschen und Material Meter um Meter ihre Stellungen auf.

Die Kompanie, zu der auch Kolja gehörte, zählte bald zur erfolgreichsten Kampfgruppe, die ihre Aufgabe trotz größerer Verluste mutig, oft sogar tollkühn löste.

So vergingen die Wochen, und bisher hatte es keinen Kameraden aus der kleinen Gruppe um Kolja erwischt. Man munkelte, eine große Offensive wäre in Vorbereitung. Genaues jedoch konnten sie nicht erfahren, da alles unter strengster Geheimhaltung vorbereitet wurde. Aus Erfahrung und vertraulichen Gesprächen unter Freunden wussten sie, dass es auch besser war, sich nicht zu offen und zu interessiert über die Angriffspläne zu unterhalten. Hatte man doch schon von Fällen gehört, wo allzu neugierige Kameraden von Politoffizieren, den Politruks, zur Rede gestellt oder sogar als Spione verurteilt wurden. Diese Agitations- und Propagandakader begleiteten die Truppen auf Schritt und Tritt. Viele von Koljas Kameraden empfanden sie so lästig und überflüssig wie die Läuse, denen man auch nicht entgehen konnte.

Sicher, es gab Armeezeitungen, die in fahrbaren Druckereien bis dicht an die Front gedruckt wurden. Sie informierten meist sachgerecht, aber manchmal ein wenig zu euphorisch über die Erfolge der Armee und den Verlauf der Kämpfe. Über zukünftige Strategien und militärische Planungen war darin selbstverständlich nichts zu lesen.

Koljas Mot.-Schützenkompanie wurde in den folgenden Wochen aufgrund ihrer Leistungen an verschiedenen Orten eingesetzt. Sie erfüllte ihre Vorgaben weiterhin so gut, dass sie zunehmend dort eingesetzt wurde, wo es sozusagen »brannte«.

Die Verluste in den eigenen Reihen nahmen zu. Der anfängliche Enthusiasmus dagegen nahm mit der Anzahl der Einsätze rapide ab. Selbst die ab und zu verordneten Wodkarationen konnten den Kampfgeist nur kurzfristig anfachen. Alle warteten angespannt auf den großen Tag, an dem die erwartete Großoffensive beginnen würde. Die Zeichen dafür mehrten sich. Schweres Gerät wie Panzer und Artillerie traf ein und wurde gut getarnt untergebracht.

Um Kolja hatte sich in den gemeinsamen Wochen eine feste, freundschaftliche Gruppe gebildet, die nun auf den Tagesbefehl wartete. Der Einsatz sollte in der Nähe der Stadt Bobruisk stattfinden, wo die Deutschen einen erfolgreichen Vorstoß Richtung Gomel unternommen hatten. Der Frühsommer war da, und neues, kräftiges Grün bedeckte das geschundene Land. Da erklang es wie ferne Trompeten. Kolja schaute überrascht nach oben in den blassblauen Himmel. Ja, da waren sie, die Kraniche auf dem Heimflug aus wärmeren Gegenden! Er schirmte die Augen gegen die Sonne mit der Hand ab, um sie besser beobachten zu können. Ob sie wohl auch über Larinskaja fliegen und die Eltern sie sehen würden? Bei diesem Gedanken wurde es ihm eng um die Brust, und nur mühsam konnte er die Tränen zurückhalten.

»Wo die wohl den Winter verbracht haben?«, murmelte Kolja leise.

Auch Serioscha schaute der keilförmigen Flugformation nach. »Ich habe das in der Schule auch gefragt, und unsere Lehrerin meinte, die Kraniche würden die kalte Jahreszeit in China und Indien verbringen.«

»Das müssen ja viele tausend Kilometer sein«, bewunderte Kolja diese Flugleistung.

»Ja, denk daran, wenn du wieder einmal meinst, es wäre ja noch so weit bis Berlin«, antwortete sein Freund, lachte und spuckte die Schalen einiger Sonnenblumenkerne Richtung Westen.

Warum kann nicht endlich wieder Frieden sein?, dachte Kolja, als sie sich der Frontlinie näherten. Wie mag es jetzt bei uns zu Hause aussehen? Geht es den Eltern gut? Bin ich bald wieder zurück, um meinem gewohnten Leben nachgehen zu können?

Unvermittelt und noch ehe sie ihre vorgesehene Stellung erreicht hatten, wurden sie bereits vom gegnerischen Feuer eingedeckt. Sie zerrten ihre kleine Kanone in den Schutz einer Hauswand und suchten eine Möglichkeit für einen gezielten Schuss. Die feindliche Deckung war ausgezeichnet. »Ich versuche näher an die Stellung heranzukommen. Die Häuserruinen werde ich als Deckung benutzen«, sagte Kolja zu Pawel, schnappte sich ein von den Deutschen erbeutetes Fernglas und sprang wie ein Hase von Hausecke zu Hausecke in Richtung der feindlichen Stellung.

Er erreichte schwer atmend eine bewaldete leichte Anhöhe und konnte nun einen Blick auf die gegnerischen Stellungen werfen. Da würden sich seine Kameraden freuen, wenn er ihnen die genaue Lage der Stellungen schildern konnte! Kolja prägte sich den Anblick ein, dann drehte er sich um und begann den Hügel vorsichtig gebückt, streckenweise kriechend zu verlassen. Er sah bereits die ersten Häuser vor sich, als plötzlich das gegnerische Feuer hinter ihm erneut aufflammte und vor ihm im Dorf Granaten einschlugen. Mit verdoppelter Geschwindigkeit hastete er weiter und hatte fast das erste Bauernhaus erreicht, als ihm eine gewaltige Detonation in unmittelbarer Nähe den Atem nahm. Im gleichen Moment verspürte er einen dumpfen Schlag in seinem linken Bein und fiel vornüber in einen Granattrichter. Jetzt ist es aus mit mir, war sein erster Gedanke.

Der Schmerz ließ einen Augenblick auf sich warten, dann setzte er schlagartig, stechend und beängstigend heftig ein. Was ist mit meinem Bein, ist es ab, bin ich verloren?, dachte Kolja. Nur zögernd wagte er einen Blick auf die Verletzung, von welcher der Schmerz hoch in seinen Körper zog. Zwei Handbreit über dem Knie klaffte die Uniformhose auseinander, und Blut verfärbte den Stoff. Hoffentlich war nicht der Knochen getroffen! Kolja richtete sich auf, jetzt nicht auf die Deckung achtend, und versuchte, sein Bein zu belasten. Es ging einigermaßen. Er schöpfte Hoffnung. Das gegnerische Feuer lag immer noch auf der Frontlinie seiner Kameraden, so dass er von dort im Moment keine Hilfe erwarten konnte, doch das Blut strömte unvermindert weiter. Mit seinem Gürtel band er oberhalb des Einschusses das Bein ab. Das war eine unzureichende Notlösung, und es war abzusehen, dass der Blutverlust ihn bald ohnmächtig werden lassen würde.

Wieder ein Einschlag, so dicht, dass Erdbrocken und Grasbüscheln auf Kolja herabregneten. Sein Mund begann trocken zu werden, und er vermeinte, Pulverdampf und Rauch zu schmecken. Schade, dachte er, ich hatte doch meiner Familie fest versprochen zurückzukommen. Vielleicht findet mich niemand, und sie werden nicht wissen, was mir zugestoßen ist und wo. Dann senkte sich Dunkelheit über seine Augen, er rollte zur Seite und rutschte bis ins Wasser, das den Trichtergrund bedeckte.

»Da ist Kolja!« Im gleichen Augenblick, da einer der Kameraden dies rief, dröhnte die Explosion. Die Druckwelle drang bis zu ihnen. Sie duckten sich und warfen sich in Deckung. Als die Staubwolke sich verzogen hatte und sie sich wieder aufzurichten wagten, war von Kolja keine Spur mehr zu sehen.

»Ich geh rüber. Ich will wissen, was mit ihm los ist«, stieß Nikita hervor, der erst vor drei Wochen zu ihnen gestoßen war. Er hatte ein fast kreisrundes Gesicht, in dem die schwarzen, etwas schräg stehenden Augen hinter den hohen Wangenknochen kaum zu sehen waren. Seine pechschwarzen Haare setzten tief an der Stirn an. Man konnte mit großer Sicherheit vermuten, dass seine Vorfahren aus Zentralasien stammten. Nur seine Beine waren nicht krumm wie bei den Reitervölkern, sondern ähnelten zwei stämmigen Säulen. Nach kurzer Zeit war er bereits voll anerkannt und in die kleine Gemeinschaft aufgenommen worden.. Neckend nannten sie ihn Bär, weil er sich etwas tapsig bewegte. Wurden jedoch große Körperkräfte benötigt, weil die liebe alte Kanone wieder nicht alleine einen Hügel hinauf oder aus einem Graben herauswollte, dann war der Bär der richtige Mann, um das Problem zu lösen. Allein Leonid Antonow machte abfällige Bemerkungen hinter seinem Rücken.

Nikita kroch, immer auf Deckung achtend, bis zur letzten Häuserruine. Rauchschwaden wehten über das Gelände und erschwerten die Sicht. Kein Kolja war zu entdecken. Er robbte nun über das freie Gelände, jede Bodensenke und jeden Granattrichter ausnutzend. Ein Hagel von Geschossen prasselte nieder, so dass er in einem Loch kauernd warten musste. Kaum war Ruhe eingetreten, sprang er in den nächsten Granattrichter – und fiel fast auf Kolja. Der war bewusstlos und gab keine Lebenszeichen von sich. Nikita hielt sein Ohr an Koljas Mund und meinte einen Atemhauch zu verspüren.

Der Bär hielt sich nicht lange mit Untersuchungen auf, sondern wuchtete Kolja umgehend auf seine Schultern und kroch die Wände des Trichters hinauf. Wie sollte er den Kameraden nur bis zum Dorfrand bekommen? Ihn hinter sich herzuziehen war keine gute Lösung bei seiner Verletzung. Kurz entschlossen legte er sich Kolja wie eine Jagdbeute wieder über die Schultern und stapfte aufrecht auf das Dorf zu. Ab und zu musste er den Verletzten absetzen, um zu verschnaufen. Dann ging es weiter. Nur keine Scharfschützen bitte, ging es ihm durch den Kopf, und eine Angriffspause der Deutschen könnte er jetzt gut gebrauchen. Sein Wunsch wurde erhört.

Langsam brach die Abenddämmerung herein. Die Kameraden versuchten mit und ohne Fernglas, etwas von den beiden zu entdecken. Sie sahen weder Kolja noch Nikita, und ihre Sorge wuchs mit jeder Minute. »Sucht ihr etwa uns?«, dröhnte plötzlich von der rechten Seite her die tiefe Stimme des Bären. Er hatte einen kleinen Umweg gewählt, der nicht so stark von den Granaten zerpflügt war und durch Büsche eine bessere Deckung geboten hatte. Sie rannten ihm entgegen, hoben Kolja von seinen Schultern und umarmten ihren Bären. Der wischte sich mit dem Ärmel Blut und Schmutz aus dem Gesicht und zeigte auf seinen verwundeten Kameraden. »Kümmert euch lieber um Kolja, er scheint sehr viel Blut verloren zu haben!« Serioscha, der einige Kurse als Sanitäter absolviert hatte, versorgte die Verletzung, so gut es im Augenblick möglich war.

»Ich denke, er schafft es«, sagte er erleichtert, nachdem er Kolja verbunden hatte.

»Er muss nun aber umgehend zurück zum Hauptverbandsplatz gebracht werden«, ergänzte die Maus voller Sorge.

Als Kolja die Augen aufschlug, lag er bereits auf einem OP-Tisch, und ein Arzt und eine Krankenschwester kümmerten sich um die große Fleischwunde. »Da hast du aber Glück gehabt«, sagte der Arzt. »Keine Schlagader zerrissen, nur ein kleines Stück Knochen abgesplittert , fast ein glatter Durchschuss, vermutlich von einem Granatsplitter. Ein Weilchen wird es dauern, bis du wieder einsatzbereit bist. Hat leider nicht zum Heimatschuss gereicht«, setzte er grinsend hinzu.

Am nächsten Tag sollte Kolja nach Gomel ins Lazarett verlegt werden. Vor dem Abtransport kam die Krankenschwester noch einmal zu ihm, lächelte ihn an und drückte Kolja ein kleines Stoffpäckchen, so groß wie eine Streichholzschachtel, in die Hand. »Das habe ich in der Hosentasche deiner Uniform gefunden, wir hätten es beinahe mit der Hose weggeworfen. Pass weiterhin gut darauf auf, es hat dir sicher schon jetzt geholfen.«

Gerührt bedankte Kolja sich bei der jungen Frau und steckte die kleine Messingikone seiner Mutter in die Tasche seiner Uniformbluse.

Die Wunde heilte nicht so schnell wie erhofft. Die Ärzte meinten, es läge an der Verschmutzung durch Stoffreste, die mit ins Fleisch eingedrungen waren. Die Wochen vergingen, und der Hochsommer bescherte dem geschundenen Land herrlichem Sonnenschein und hohe Temperaturen. Kolja hatte genügend Zeit, Briefe nach Hause zu schreiben. Auf die Antwortbriefe musste er oft lange warten, und sie kamen in unregelmäßigen Abständen, doch sie enthielten beruhigende Nachrichten. Nun hielt er es kaum noch aus und wollte so schnell wie möglich zurück zu seiner Truppe, um seine Kameraden wiederzusehen.

Der Tag der Entlassung kam, und sein Marschbefehl forderte ihn auf, sich in Belostok bei seiner Einheit zu melden. Die große Sommeroffensive war in vollem Gange. Er staunte über die gewaltigen Mengen an schweren Waffen, die sich auf dem Weg zur Front befanden. Besonders die schwere Artillerie und die Panzer vom Typ T34 beeindruckten ihn.

Das Wiedersehen war überwältigend; für den Abend hatten seine Kameraden etwas Wodka organisiert und ein kleines bescheidenes Festessen vorbereitet. Ein Wermutstropfen trübte jedoch seine Freude, als sie ihm mitteilten, dass Ilja als vermisst gelte. Nach einem Sturmangriff war er nicht mit zurückgekehrt, und es gab keine Information, ob er verwundet, gefallen oder in Gefangenschaft geraten war. Kolja hellte die trüben Gedanken auf, indem er seine Mundharmonika hervorholte und ein kleines Wunschkonzert veranstaltete. Auch sein Kommandant Wladislaw Woronin kam auf einen Sprung vorbei und hieß Kolja willkommen.

Minsk war befreit, und alle machten sich Gedanken über den weiteren Weg, der vor ihnen lag. Warschau sollte, so hörte man, das nächste große Ziel sein.

Die Befreiung Warschaus vollzog sich nicht so schnell wie vorgesehen, da sich der Gegner erbittert wehrte und mit Gegenschlägen sogar Geländegewinne erzielte, wenn auch nur zeitlich begrenzte. Ihre Freude wuchs zusehends, als es der Sowjetarmee nach tagelangen Gefechten gelang, die Eindringlinge in ihrem Frontabschnitt erstmalig vom russischen Boden zu vertreiben. Doch es sollte noch bis zum 17. Januar 1945 dauern, ehe sie Warschau befreit war. Koljas kleine Gruppe blieb bei der 1. Belorussischen Front, deren neuer Oberbefehlshaber Marschall G. K. Shukow war. Der weitere Weg führte Kolja über Posen bis an die Oder bei Küstrin. Die Stadt war auf Befehl Hitlers zur Festung erklärt worden, und der Kommandant, SS-Gruppenführer Heinz-Friedrich Reinefarth, kam dem Befehl widerspruchslos nach. Dabei war jedem im Stillen klar, dass er sinnlos war im Angesicht der erdrückenden russischen Militärmacht. Nach schwersten Kämpfen wurde Küstrin Ende März 1945 eingenommen. Die überlebenden Soldaten gingen in Gefangenschaft, und die Zivilbevölkerung versuchte, sich nach Berlin durchzuschlagen. Von über achttausend Gebäuden blieben nur fünf unzerstört. Mit dem

Fall Küstrins war ein wichtiges Hindernis für Shukows Soldaten auf dem Weg nach Berlin beseitigt.

Nur die Oder galt es noch zu überwinden. Sie lag, teils zugefroren, teils mit treibenden Eisschollen bedeckt, als natürliche Sperre vor ihnen. Die Pioniertruppen konnten trotz verzweifelter Gegenangriffe der Verteidiger einen Übergang über den Fluss schlagen. Am 31. Januar 1945 gelang es ihnen, den ersten Brückenkopf auf deutschem Boden bei Kienitz zu bilden und zu festigen. Selbst mehrere Angriffe durch deutsche Flugzeuge konnten sie nicht mehr zurückdrängen. Nachfolgende sowjetische Einheiten überquerten am folgenden Tag in der Nähe von Manschnow die Oder.

Hier auf den Reitweiner Höhen errichteten sie einen kleinen Brückenkopf. Die Stellung wurde rasch ausgebaut. Von hier aus leitete Oberbefehlshaber Shukow die nächsten Angriffsoperationen. Dem russischen Oberkommando oblag es nun, die Seelower Höhen, die festungsartig stark und tief gestaffelt zur Verteidigung ausgebaut waren, möglichst zügig und ohne große Verluste zu überwinden. Nach Überwindung dieses Hindernisses, das wussten sie, war der Weg frei zum Sturm auf Berlin.

In ihrem Abschnitt wurde es verhältnismäßig ruhig. Fast schien es, als holte der Krieg noch einmal tief Atem, um sich bald darauf mit letzter, alles vernichtender Kraft auszutoben. Die Maus kam mit der Neuigkeit, dass der Nachschub viele Panzer und besonders Artillerie in bisher nicht gesehenen Mengen heranschaffte. Koljas Einheit wurde zusätzlich durch mehrere Flakgeschütze verstärkt.

Durch die Ferngläser sahen sie auf der gegenüberliegenden Oderseite die stark ausgebauten Stellungen der Deutschen in den Seelower Höhen. Nicht weit entfernt befand sich die Stadt Küstrin mit der alten preußischen Festung. Wie sie erfuhren, konnte sie erst nach tagelangen schwersten verlustreichen Kämpfen eingenommen werden. Die Vorbereitungen für die »Berliner Operation«, wie sie genannt wurde, zogen sich in die Länge.

Die verschworene Mot.-Schützengruppe hatte es sich in einem der wenigen nicht zerstörten Bauernhäuser bequem gemacht. Der Winter war hart, und sie waren froh, einen funktionierenden Ofen in ihrer Unterkunft vorzufinden. Kolja und Serioscha waren neugierig durch die Räume des Bauernhauses gegangen. Im Schlafraum stand ein großer Eichenschrank mit aufgebrochener Tür, von den Betten fehlten die Matratzen. »Schade, so eine weiche Liegestatt hätte ich gerne gegen mein Strohlager getauscht.« »Da waren einige Kameraden schon vor uns hier«, stellte Kolja bedauernd fest.

Im Wohnraum besahen sie sich die gerahmten Fotos auf der Anrichte. Eins zeigte vermutlich die geflüchtete Familie. Drei Generationen. Die Großmutter mit langer Schürze, der Großvater mit einer Mütze und Pfeife rauchend, zwei jüngere Frauen, ein Mann, der einen kleinen Hund im Arm hielt, und zwei Mädchen mit weißen Schürzen blickten mit großen Augen in den Fotoapparat. Die Kleidung war fast ärmlich.

»Das Bild könnte auch irgendwo in Russland aufgenommen worden sein. So viel anders sehen die hier in Deutschland auch nicht aus«, staunte Serioscha.

Im Schuppen neben dem Haus fanden sie zwei Petroleumlampen, die sie in den Wohnraum brachten. Fast kam eine beschauliche Ruhe auf. Sie schrieben Briefe und pflegten ihre Waffen. Dem Organisationstalent des Bären Nikita war es zu verdanken, dass es sogar ab und zu eine Bereicherung des Speisezettels durch ein Huhn oder ein Karnickel gab. Beim Karnickel waren sie sich nicht ganz sicher, ob es nicht die seit Tagen um sie herumschleichende grauschwarz gestreifte Hauskatze gewesen sein könnte. Der Bär war über diese Anspielung richtig wütend und beruhigte sich erst einen Tag später, als die Katze putzmunter mit einer Maus in der Schnauze in die Küche kam.

Über seine Quellen schwieg der Bär eisern. Nur als er eines Tages eine Holzkiste mit Kognak anschleppte, berichtete er, dass er die Flaschen versteckt im Keller eines Gasthauses gefunden hatte. »Die wollten die Deutschen wohl bei ihrer Siegesfeier aufmachen«, grinste er. »Die Arbeit nehmen wir ihnen gerne ab.« Er entkorkte die erste Flasche. Kolja trug mit seiner Mundharmonika zur guten Stimmung bei.

»So lass ich mir den Krieg gefallen«, nuschelte Pawel nach einigen Bechern Kognak und leckte sich die Lippen.

»Wodka wäre mir lieber«, maulte die Maus, »das Zeug schmeckt so seifig. Aber besser als nichts ist es allemal«, schränkte er seine Kritik ein, als er Nikitas vorwurfsvollen Blick sah. Leonid jedoch war es einerlei, Kognak oder Wodka. Er kannte kein Maß beim Trinken. Selbst seinen Kameraden wurde es ab und zu zu heftig. Nahm man dem lallenden Leonid schlussendlich die Flasche aus der Hand, wurde er aggressiv. Nur Nikita wagte sich dann ihm entgegenzustellen, um ihn zu beruhigen. Manch einer aus der Gruppe hätte gerne auf Leonid verzichtet.

Diese Idylle ging abrupt zu Ende, als Wladislaw Woronin oder Slawa, wie ihn einige nennen durften, eines Abends in die Unterkunft stürzte. Im Mundwinkel hing seine ewig qualmende, Machorkaduft verbreitende, mit einem Pappmundstück versehene Papirosa. Der Kommandant berichtete mit vor Aufregung zitternder Stimme, dass in zwei Tagen der Angriff auf die Seelower Höhen und damit auch auf Berlin beginnen würde.

»Endlich!«, stieß Kolja hervor. »Je eher, desto besser. Dann können wir wieder nach Hause, und Mütterchen Russland wird uns voller Freude empfangen.«

»Also liegt es allein an uns, wann wir wieder zu Hause sind«, witzelte Pawel und grinste seine Kameraden an, um ihre Zustimmung zu erhalten. »Jawohl, nur auf uns kommt es an«, tönte es nicht ganz ernst gemeint zurück.

Je näher der besagte Tag rückte, desto eifriger kümmerten sie sich um ihre Ausrüstung. Nikita hatte drei Magazine seiner Schpagin-Maschinenpistole mit je einundsiebzig Schuss gefüllt. Nur die Maus las etwas abseits in einem kleinen Büchlein und verdeckte es sofort, wenn sich ein Kamerad näherte.

»Was liest du denn da so Geheimnisvolles, dass du es uns nicht zeigen willst?«, stichelte jemand aus der anderen Zimmerecke.

»Na bitte, wenn ihr es unbedingt wissen wollt, es ist ein Buch, mit dem man die deutsche Sprache lernen kann«, gab Pawel zu.

»Du lernst Deutsch?« Serioscha klang fast vorwurfsvoll.

»Man weiß nie, wozu es vielleicht einmal gut ist. Übrigens habe ich bereits vor dem Krieg angefangen, diese Sprache zu lernen, damit ich die Fachliteratur im Original lesen kann. Nun versuche ich mir einiges anzulesen, was wir brauchen können, wenn wir auf Deutsche treffen.«

Da schaltete sich der Kommandant ein: »Wenn du in der Lage bist, ein Gespräch zu übersetzen, dann könnten wir dich noch brauchen. Wenn es soweit ist, werde ich mich daran erinnern.«

Kaum hatte Pawel die Worte gehört, steckte er seine Nase wieder in das Buch.

Am Vorabend des Angriffs wurde die hektische Betriebsamkeit merklich von den Gedanken an den nächsten Tag gedämpft. Was erwartet uns morgen, und wie viele Kameraden werden den Sieg nicht mehr erleben? Werde ich zu den Überlebenden gehören? Solche und ähnliche Gedanken kreisten in ihren Köpfen. Die Nacht verging zäh, und die Zeiger der Uhren schienen sich kaum zu bewegen. Nur wenige fanden Schlaf, wie der Bär, der mit seinem Schnarchen auch noch die Einschlafversuche der anderen erschwerte.

Dann war es soweit. Kommandant Woronin sah auf die Uhr und flüsterte: »Jetzt geht es gleich los.« Seine letzten Worte gingen bereits im gewaltigen Lärm von Hunderten gleichzeitig feuernder Artilleriegeschütze unter. Das Bauernhaus erzitterte wie bei einem Erdbeben. Es war zu sehr früher Morgenstunde, so gegen drei Uhr, fast noch Nacht, so dass die Wirkung auf den Gegner gewaltig sein musste.

Es war der 16. April 1945.

Nach einiger Zeit, die ihnen wie die Ewigkeit vorkam, ebbte der Geschützdonner ab. Die gegnerischen Stellungen wurden von unzähligen Scheinwerfern angestrahlt und deren Mannschaften somit geblendet.

»So, Genossen, jetzt sind wir dran«, munterte Kommandant Slawa seine Leute auf. Ihr Geschütz hatten sie bereits am Abend zuvor in eine günstige Ausgangsstellung gebracht, wo sie gut getarnt auf den Einsatz wartete.

Ihr Stellungsabschnitt befand sich unweit der Reichsstraße, die über Küstrin nach Berlin führte. Hier verlief einer der drei Verteidigungsringe, die um Berlin eingerichtet und stark ausgebaut waren. Stunde um Stunde, Tag für Tag und Nacht für Nacht tobten die Kämpfe. Als es den Pionieren endlich gelang, in ihrem Abschnitt einen weiteren Übergang über die Oder zu errichten, konnten größere Truppenverbände übersetzen. Deckungslos und gegen einen gut in den Abhängen der Seelower Höhen in stark befestigten

Stellungen versteckten Gegner arbeiteten sie sich unter schweren Verlusten vorwärts. Erst als das natürliche Hindernis überwunden und die Abhänge in ihren Händen waren, besserte sich die Lage. Die Absetzbewegungen des deutschen Heeres beschleunigten sich zusehends, und langsam wandte sich das Kampfgeschehen zu ihren Gunsten.

Sie hatten jedoch noch ständig mit stark befestigten Einzelstellungen zu kämpfen, denen sie einfach nicht beikommen konnten. Kolja hatte seit einiger Zeit einen Bunker im Visier, der ihnen jede Möglichkeit nahm, weitere Geländegewinne zu erzielen. Kaum hatten sie sich aus der Deckung gewagt, warf wütendes Maschinengewehrfeuer sie wieder zurück. Kolja meldete sich beim Kommandanten: »Genosse Kommandant, in der nächsten Nacht möchte ich den Versuch unternehmen, den Bunker zu knacken.«

Dieser sah ihn einen Moment prüfend an und zog etwas heftiger an seiner Papirosa. »In Ordnung, aber wir können keinen weiteren Mann verlieren, so hinderlich dieser Bunker auch ist. Wie wir erfahren mussten, konnten wir ihn mit Hilfe unserer Artillerie nicht klein bekommen.«

»Danke, Kommandant.« Kolja eilte davon, um Vorbereitungen für sein Unternehmen zu treffen.

Zu dieser Jahreszeit brach die Dunkelheit recht früh herein. Mit aufmunternden Worten und Schulterklopfen verabschiedeten die Kameraden Kolja. Um seine Tarnung zu vervollständigen, hatte er sich das Gesicht mit Ruß geschwärzt. Dann verschwand er in der Nacht. Kurz darauf begann die Ge-

genseite zu feuern, zuerst etwas entfernt von ihrem Standort, dann auch in ihrer Nähe. Leuchtspurgeschosse zogen wie eilige Glühwürmchen ihre Bahnen, und das Gefechtsfeld wurde durch Leuchtkugeln, die langsam an Fallschirmen herabsanken, hell erleuchtet.

»Armer Kolja«, brummte der Bär. Mit Schnee vermischter Nieselregen setzte ein und legte sich wie ein Vorhang über das Gefechtsfeld. Alle starrten auf die Stelle, wo sich der Bunker befand. Dann begann das Maschinengewehr wieder zu tackern. Hoffentlich nahmen die Kameraden rechts und links nicht genau jetzt die Stelle unter Feuer! Ohne es zu wollen, würden sie Kolja in Lebensgefahr bringen. Die Zeit dehnte sich. Vom angestrengten Hinüberstarren brannten und tränten die Augen. Vielleicht war auch der beißende Rauch daran schuld, der über den Fluss wehte. Ein heller Lichtschein flammte auf der Hangseite auf, gefolgt von einem dumpfen Knall.

»Hoffentlich ist jetzt das geschehen, was wir uns alle wünschen«, murmelte Pawel.

Wieder schwebte eine Leuchtkugel in ihrer Nähe herab. Plötzlich sahen sie zwei Personen, aufrecht und gefährlich hell beleuchtet, kurz vor ihrer Stellung auftauchen. Serioscha riss die Maschinenpistole hoch, doch Nikita schlug sie sofort zur Seite und schrie: »Halt, wollen erst einmal sehen, wer da kommt!« Das helle Licht der Leuchtkugeln verlosch schlagartig. Dann sie hörten Koljas Stimme: »Ich bin es, und ich bringe einen Gast mit.« Sicherheitshalber hielt Serioscha die MP schussbereit in den Händen. Die beiden Personen waren in der Zwischenzeit so dicht herangekommen, dass Slawa sie mit der Taschenlampe anleuchten konnte.

»Das gibt es doch nicht!«, japste Pawel und setzte hinzu: »Guten Abend, Herr Offizier!« Tatsächlich, Kolja hatte einen Leutnant der Deutschen gefangen genommen und schob ihn nun vor seinen erstaunten Kommandanten. »Auftrag ausgeführt und einen Gefangenen mitgebracht.«

Der Kommandant grüßte zurück und erwiderte: »Danke, Genosse!« Der Gefangene, ein junger Mann, verzog keine Miene, als er von Pawel auf Deutsch angesprochen wurde.

Sie brachten ihn sofort in ihren Unterstand. Hier war etwas mehr Licht, und so standen sie um ihn herum und musterten ihre Beute neugierig. Die Pistole hatte Kolja dem Gefangenen abgenommen und übergab sie nun Slawa.

»Sieht ja gar nicht gefährlich aus, das Bürschchen«, brummte der Bär. Zuerst hatten sie nach Abzeichen gesucht, die den Offizier als SS-Angehörigen ausweisen könnten. Doch sie erkannten bald, dass er ein normaler Heeresleutnant war. Die Maus hatte sich vor dem jungen Mann aufgepflanzt, ohne dass Slawa es befohlen hatte. Er sah zu ihm auf und fragte auf Deutsch: »Name, Rang, Einheit?«

Der Leutnant sah auf den wesentlich kleineren Soldaten herab, musterte ihn ebenfalls und antwortete: »Bringen Sie mich sofort zu Ihrem zuständigen Vorgesetzten, nur dort werde ich meine Angaben machen.«

Die Maus sah beleidigt aus, spuckte ihm vor die Stiefel und zog sich zurück. »Mit zwei Mann Bewachung sofort zum Hauptquartier bringen«, befahl Wladislaw. Zwei Soldaten nahmen den Offizier in ihre Mitte und zogen los in Richtung Hauptquartier. Kaum waren sie außer Sichtweite, bestürmten sie Kolja mit Fragen. »Erzähl, wie hast du den Vogel gefangen?«, rief Pawel. »Und wie hast du den Bunker erledigt?«

Kolja berichtete, wie er überlegt hatte, den Bunker zu knacken. Der Beton sah sehr dick und stabil aus, so dass er bezweifelte, mit einer geballten Ladung Erfolg zu haben. Er lag sprungbereit in Deckung, als ihm der Zufall zur Hilfe kam. Ein Kübel, so wurden die kleinen geländegängigen Wagen der Wehrmacht genannt, kam und hielt. Der Fahrer wuchtete eine Holzkiste, vermutlich Munitionsnachschub, aus dem Fahrzeug und zog sie hinter sich her zum Bunkereingang. Kolja erkannte sofort seine Chance. Kaum hatte der Mann die Tür des Bunkers geöffnet und war langsam mit der Kiste in der Öffnung verschwunden, als Kolja hervorsprang und die scharfgemachte, geballte Ladung in die Dunkelheit der Türöffnung warf. So schnell wie nur möglich sprang er zurück in Deckung. Ein gewaltiger Schlag nahm ihm den Atem, und dicker Rauch quoll aus der Türöffnung. Sicherheitshalber wartete Kolja, ob noch jemand herauskommen würde, aber es rückte und rührte sich nichts mehr. Totenstille, das Tackern des Maschinengewehrs war für immer verstummt.

Jetzt aber schnell zurück, dachte Kolja und begann sich eilig zurückzuziehen. In diesem Moment hörte er erneut das Geräusch eines Fahrzeugs. Ein anderer Kübelwagen näherte sich mit abgeblendeten Scheinwerfern dem Bunker und hielt. Beim Schein der Leuchtkugeln erkannte Kolja zwei Personen. Der Mann vom Beifahrersitz stieg aus und näherte sich vorsichtig der noch immer qualmenden Bunkertür. Ohne sich nur einen Moment zu besinnen, sprang Kolja auf und hastete auf den Wagen zu. Dann ging alles sehr schnell. Der Fahrer des Wagens griff nach seiner Pistole und wollte sie auf Kolja richten, als ihn die ersten Kugeln aus Koljas Maschinenpistole trafen. Der Mann sackte über dem Steuer zusammen und rührte sich nicht mehr. Im gleichen Augenblick wirbelte Kolja herum und richtete die Waffe auf die zweite Person, die sofort die Arme hob.

»Hände hoch!«, rief Kolja. Der Aufforderung auf Russisch hätte es beim Anblick der Waffe in diesem Moment nicht bedurft. Mit dem Lauf der Waffe deutete Kolja seinem Gegenüber an vorauszugehen. Erst als er dicht an ihm vorbeiging, sah Kolja, dass es ein Offizier war. Umso besser, da werden meine Kameraden aber staunen, dachte Kolja und stieß dem vor ihm gehenden Mann die Laufmündung in den Rücken. Im schwachen Lichtschein einer Leuchtkugel bemerkte Kolja erst jetzt, dass die rechte Hand seines Gefangenen einen an einigen Stellen durchbluteten Verband trug. Der Rückweg verlief glücklicherweise problemlos, und ohne dass sie unter Beschuss gerieten.

»Das riecht verdammt nach einer Auszeichnung«, bemerkte Pawel neidlos und sah dabei den Kommandanten erwartungsvoll von der Seite an.

Dieser grinste: »Hab selber bereits daran gedacht«, und fügte ergänzend hinzu: »Für sein geschicktes und kühnes Handeln im Kampf hat sich Kolja die Medaille ›Für Verdienste im Kampf‹ ganz sicher verdient.« Leonid, der etwas abseits die Belobigung Koljas hörte, verzog den Mund und war in diesem Moment sichtlich neidisch auf seinen Kameraden.

Ihr Gespräch wurde abrupt durch einen starken Einschlag dicht bei ihrer Stellung unterbrochen. »Flieger!«, stellte Slawa fest.

Die Kampfhandlungen zogen sich bis in den frühen Morgen hin, ehe eine Art Erholungspause aufgrund der Erschöpfung auf beiden Seiten einsetzte. An diesem Tag konnte die Sowjetarmee keine nennenswerten Geländegewinne erzielen. Die nächsten Tage brachten verbissene Gefechte, bis es ihren Truppen endlich gelang, die Seelower Höhen vollständig und endgültig einzunehmen.

Ab jetzt ging es mit großem Tempo auf der Reichsstraße 1 in Richtung Berlin. Die Orte, durch die sie kamen, leisteten nur noch sporadisch und kaum ernst zu nehmenden Widerstand, so dass bald der nächste stärkere Verteidigungsring am Rand von Berlin erreicht wurde. Nach massivem Artillerie- und Flugzeugeinsatz wurde auch dieses Hindernis genommen.

Der Oberbefehlshaber Shukow trieb seine Soldaten mit unnachgiebiger Härte zur Eile an. Die T34-Panzer bildeten die schnelle Stoßtruppe, die oft so schnell vorrückte, dass sie von den nachfolgenden

Verbänden getrennt wurde. Die Panzer hatten Hoppegarten erreicht. Bald darauf kämpften sie sich durch Kaulsdorf, Mahlsdorf und Biesdorf und näherten sich nun Friedrichshain.

Die Mot.-Schützen folgten dichtauf. Mit jedem Kilometer, der sie näher an das Zentrum brachte, wuchsen die innere Anspannung und gleichzeitig die Freude, endlich am Ziel zu sein. Wenn es die Kampfhandlungen erlaubten und sie einen Augenblick verschnauften, wurde die Maus von Kolja ab und zu gefragt: »Sag mal, wie heißt die Straße, auf der wir jetzt sind?«

Pawel las dann, stolz auf seine Kenntnisse, die Namen vor, und Kolja versuchte sie sofort nachzusprechen, was Pawel zum Lächeln brachte.

»Weißt du«, schlug Kolja vor, »du könntest mir doch die Namen der Ortsteile und Straßen aufschreiben, dann kann ich mich später daran erinnern, wenn ich vom Kampf um Berlin erzählen werde.«

»Dann musst du aber noch etwas Deutsch lernen, sonst kannst du ja nicht lesen, was ich geschrieben habe.«

»Macht nichts, ich finde schon jemanden, der das kann«, erwiderte Kolja.

So schrieb die Maus ihren Weg durch Berlin auf ein Stück Papier und verwahrte es sorgfältig.

Je näher sie dem Zentrum kamen, desto heftiger wehrte sich der Gegner. Aus Gebäudefenstern, U-Bahn-Eingängen und von den Dächern wurden sie unter Feuer genommen. Selbst aus Ruinen schlug ihnen das Abwehrfeuer entgegen. Diese Widerstandsnester mussten mühsam und unter schweren Verlusten überwunden werden. Oft gelang es nur mit Hilfe der Panzer, im Direktbeschuss den Widerstand zu brechen. Je dichter die Häuserreihen wurden, desto gefährlicher war es für die Panzerbesatzungen. Ein Schuss mit der Panzerfaust aus dem Kellerfenster, und sie waren erledigt. Aus diesem Grund wurde angeordnet, dass sich die Panzer nur in Begleitung der Infanterie als Geleitschutz in das Häusermeer begeben durften.

Alexanderplatz und Spittelmarkt waren die nächsten Stationen, die Pawel für Kolja notierte. Es war der 27. April. Sie sahen ganze Straßenzüge in Schutt und Asche liegen, und selbst in ihre Wut und ihren Hass auf die Invasoren mischte sich kurzzeitig ein bedauernder Gedanke an die Opfer unter der Zivilbevölkerung.

Dann sahen sie einen Fluss, und Pawel übersetzte den Namenszug auf einer Tafel am Wasser mit Spree. Wieder bekamen sie Abwehrfeuer aus einem Eckhaus und mussten warten, bis ihre Artillerie nachgerückt war und die Situation wieder unter Kontrolle brachte. Nachdem sich die Staubwolke gelegt hatte, fehlte von zwei Hausetagen fast die ganze Vorderfront, und der Widerstand war erloschen. Gewehrfeuer aus einem Haus auf der anderen Straßenseite zwang Kolja, eilig durch die offene Eingangstür eines Geschäftes zu springen, um sich in Sicherheit zu bringen.

Im Moment konnte er nicht viel ausrichten, so dass ihm Zeit blieb, sich umzusehen. Notenblätter lagen verstreut umher, ein schwarzer Flügel lag schräg auf zwei Beinen nahe am zersplitterten Fenster. Eine

Windbö wirbelte erneut die Papierblätter auf und trieb sie durch den Raum. Die Büste eines ernst blickenden Mannes mit langer Haarmähne sah ihn von einem Regal herab an. Er trat näher, um zu sehen, ob ein Name daran stand, aber er fand keinen Hinweis auf die Person. Dann fiel ihm ein, dass er die deutsche Schrift ohnehin nicht hätte lesen können. Als er so dicht vor dem Regal stand, erblickte er einen braunen Pappkarton. Neugierig betrachtete er den Inhalt. Er glaubte seinen Augen nicht zu trauen: Im Karton lagen mit buntem Papier verkleidete Schachteln, auf denen Mundharmonikas abgebildet waren.

Welch ein Glücksfall, dachte sich Kolja, meine hat durch Wasser schon arg gelitten, so dass mir eine neue Mundharmonika gerade recht kommt. Hoffentlich sind die Schachteln nicht leer! Er nahm die erste heraus, öffnete sie, und sein Gesicht strahlte vor Freude. Das Instrument war etwas größer als seine alte Mundharmonika, aber das war kein Grund, sie nicht mitzunehmen. Sollte er noch eine mitnehmen?, überlegte er einen Moment, verwarf aber den Gedanken wieder. Er konnte es einfach nicht über das Herz bringen, seine Beute einzustecken, ohne sie ausprobiert zu haben. So erklangen zum Gewehrfeuer und Geschützdonner urplötzlich fröhliche Klänge aus dem Geschäft.

Im nächsten Augenblick polterte es im Raum hinter dem Laden. Kolja legte blitzschnell das Instrument auf den Ladentisch, entsicherte seine Maschinenpistole und rief auf Russisch: »Wer da?« Kaum waren seine Worte verhallt, als eine uniformierte Gestalt aus der dunklen Türöffnung des hinteren Raumes trat. Kolja sah nur die Uniform, den Helm und schoss sofort. Der Schrei des Getroffenen ging ihm durch und durch. Langsam sank sein Gegenüber zu Boden, während seine Hände vergeblich versuchten, am Türrahmen Halt zu finden. Der Helm fiel vom Kopf und rollte scheppernd über den Boden. Ein Kindergesicht, schmal, blass und vom Schmerz verzerrt, kam zum Vorschein. Erst jetzt nahm Kolja wahr, dass der junge Mann – er konnte nicht älter als siebzehn oder achtzehn sein – keine Waffe bei sich trug, weder Karabiner noch Pistole. Die Augen des Jungen sahen erschreckt und hilflos zu Kolja auf.

Verdammt, dachte Kolja, Was soll ich jetzt tun? Wie schwer die Verletzung durch den Schuss war, konnte er nicht abschätzen. Sollte er ihn von seinen Leiden erlösen oder mit einem Notverband zu helfen versuchen? Der Junge stöhnte laut und presste die Hände auf die Brust. Kurz darauf begann er zu husten, und Blut lief aus seinem Mund. Ein Geräusch hinter sich ließ Kolja mit der Waffe im Anschlag herumfahren. Ehe er genau sehen konnte, wer in der Ladentür stand, hörte er bereits die Stimme von Nikita dem Bären: »Wir haben deine Musik gehört, aber dann fiel ein Schuss, und nun wollte ich sehen, was los ist.«

Sein Blick fiel auf die Gestalt des Jungen, der zusammengesunken an der Wand saß. Nikita erkannte die Situation und enthob Kolja von der schweren Entscheidung. Der junge Soldat hatte die Augen geschlossen und atmete nur noch röchelnd, als ihn der

Feuerstoß durchschüttelte. Er kippte zur Seite und atmete nicht mehr.

»Komm«, sagte der Bär, »das ist der Krieg, den wir nicht gewollt haben.«

Kolja sah noch einmal zurück auf das Häufchen Elend, nahm seine Beute vom Ladentisch und folgte Nikita wortlos.

Sie machten sich vorsichtig auf den Rückweg zu ihrer Einheit. Im Hinausgehen warf Kolja noch einen Blick auf die Schrift über dem Geschäft und bedauerte, dass die Maus ihm die Worte nicht auf seinen Namenszettel schreiben konnte. Doch zwei Stunden später kamen er und seine Kameraden noch einmal an dieser Stelle vorbei, und Kolja zeigte Pawel das Geschäft, in dem er die Mundharmonika gefunden hatte.

Am nächsten Tag hatte sich ihr Truppenteil die Leipziger und die Wilhelmstraße entlanggekämpft, und Kolja sah wieder das Wasser der Spree vor sich. Hier, in unmittelbarer Nähe der Reichskanzlei und des Reichstages, verstärkte sich der Widerstand noch einmal verzweifelt. Verbissen wurden die Gebäude verteidigt. Als Kolja am Brandenburger Tor vorbeikam, sah er die zerschossene Quadriga und die Häuserruinen auf beiden Seiten des Tores.

Ein Stück weiter fiel sein Blick auf die Rückseite des Reichstages. Wie gerne hätte er auf der vorderen Seite dieses Gebäudes gekämpft, war es doch immer wieder das Ziel aller kämpfenden Kameraden gewesen, hier nach ihrem Sieg zu stehen und die historische Stunden mitzuerleben! Später machte die

Nachricht die Runde, dass es in den Abendstunden des 30. April zwei Sergeanten gelungen war, auf dem Dach des Reichstages die rote Fahne zu hissen. Den Sieg jedoch am Feiertag, dem 1. Mai zu verkünden, wie es von höchster Stelle gewünscht war, misslang. Erst am Tag darauf stellten die Reste der Berliner Garnison ihren Widerstand ein und ergaben sich. Einige Durchbruchversuche von deutschen Truppenteilen nach Süden wurden bis zum 5. Mai von der Roten Armee verhindert.

Am 8. Mai 1945 um Punkt 24 Uhr unterschrieben Generalfeldmarschall Keitel, Generaloberst Stumpff und Generaladmiral von Friedeburg die bedingungslose Kapitulation.

Der Krieg war vorbei!

Durch den Zeitunterschied zwischen Moskau und Berlin von zwei Stunden war es in Moskau bereits der 9. Mai, als dieses Ereignis stattfand. Er wird seitdem als Tag der Kapitulation Deutschlands in Russland gefeiert.

Als sich die Nachricht bis zu Kolja und seiner Gruppe verbreitet hatte, kannte die Freude keine Grenzen. Nicht enden wollende Freudenschreie und Hurrarufe hallten durch die Berliner Luft. Hier standen sie, mitten im Herzen des verhassten Feindeslandes, und konnten endlich den hart erkämpften Sieg feiern! Wodka musste her! Kolja spielte auf seiner neuen Mundharmonika, bis er keinen Atem mehr hatte, und Nikita tanzte wie ein tapsiger russischer Bär zu seiner Musik.

Am nächsten Tag wurden die einzelnen Truppenteile gesammelt und danach auf bereits festgelegte Areale und Gebäude verteilt. Koljas Mannschaft marschierte durch die Prenzlauer Allee bis zum Kissingenplatz. Von dort wurden sie auf das Gelände des Rangierbahnhofs Pankow beordert und auf noch intakte Gebäude verteilt.

Lotte

Die kommenden Tage kamen ihnen wie ein Geschenk des Himmels vor. Keine Schüsse, keine Detonationen von explodierenden Granaten und keine Sirenen der Sturzkampfbomber strapazierten ihre Ohren. Die Stille und die warmen Strahlen der immer stärker wärmenden Maisonne taten ihnen allen gut.

Weidenbüsche begannen ihre Kätzchen zu zeigen, und frisches Frühlingsgrün überzog Bäume und Sträucher. Alles schien entspannter. Erste zaghafte Annäherungen zwischen Siegern und Besiegten bahnten sich an. So friedvoll und versöhnlich ging es jedoch nicht überall zu; Tausende Frauen und Mädchen trugen ihr ganzes Leben lang das Trauma der Vergewaltigung in sich. Im Rausch des Sieges verschafften sich viele Soldaten mit diesen Taten Genugtuung über das ihrem Vaterland angetane Unrecht. Diesem ungezügelten Treiben wurde alsbald von der Militärführung Einhalt geboten.

Am Kissingenplatz, neben der Kirche, gaben die russischen Soldaten erste warme Mahlzeiten an die Schlange stehenden Deutschen aus. Um die Gulaschkanonen breitete sich eine vorsichtig hoffnungsvolle Atmosphäre aus. Man lächelte schüchtern und dankbar dem Graupensuppe austeilenden Soldaten zu und nahm ebenso das Brot in Empfang.

Wenn Kolja hier vorbeikam, blieb er stehen und betrachtete diese Szene. Da sah er keine selbstherrlichen Übermenschen anstehen; nur alte, schwache Männer, verhärmte Frauen und magere, blasse Kinder warteten geduldig auf die Hilfe aus der Hand des Feindes von gestern. Er sah die Not der Menschen, die in Trümmer liegenden Häuserreihen und fragte sich nur: »Warum?«

An einem anderen Tag kam er wieder an der Verteilstelle vorbei, als ein Schrei ihn innehalten ließ. Der Kamerad, der das Essen austeilen wollte, hatte den Kessel zu heftig und ungeschickt geöffnet, sodass der schwere Deckel aus den Scharnieren gerissen wurde und zwischen die wartenden Menschen fiel. Er stand für einen Moment auf der Kante und kippte dann um. Eine junge Frau hatte den Rand auf den Fuß bekommen, und dem neben ihr stehenden Mann war Deckel gegen das Schienbein geprallt. Beide verzogen ihre Gesichter vor Schmerz. Sofort kamen zwei Soldaten und fragten mit Gesten, ob sie helfen könnten.

Der Mann zog sein Hosenbein hoch und besah sich die bildende Schwellung. »Danke, es geht schon.« Die junge Frau rieb sich den Spann und schüttelte ebenfalls den Kopf, als sie gefragt wurde, ob sie

Hilfe benötigte. Die beiden Verletzten bekamen als Erste eine besonders große Portion Suppe, und auch das Stück Brot war doppelt so groß wie sonst. Kolja wollte gerade weitergehen, als er bemerkte, dass die Frau beim Weggehen mit dem Bein einknickte und fast ihre Suppe verschüttet hätte. Keiner der Umstehenden war auf die Idee gekommen, ihr Hilfe anzubieten. Sie hatten nur ihre Essensration im Kopf.
Kolja trat näher, sah blonde Haare unter ihrem hellblauen Kopftuch hervorschauen und blaue Augen, die ihn abwehrend ansahen. Er deutete auf den vollen Suppentopf, dann auf ihren Fuß und sagte auf Russisch: »Ich möchte Ihnen helfen!« Sie verstand nicht die Worte, aber sie sah in sein Gesicht und verstand. Vorsichtig reichte sie ihm den Topf und das Brot und zeigte in die Richtung, in die sie gehen wollte. Nach den ersten unsicheren Schritten verzerrte sich ihr Gesicht vor Schmerzen, sodass er ihr seinen Arm als Stütze anbot. Sie zögerte einen Moment und ergriff ihn dann fest und dankbar. So liefen sie langsam die Kissingenstraße hinunter, bogen in die nächste Straße links ab und kamen zur Borkumer Straße. Beim Haus Nummer 8 sagte sie: »Danke für die Hilfe, hier wohne ich.«

  Er verstand kein Wort, verstand aber den Sinn, da sie auf den Hauseingang deutete. »Bis morgen bei der Essenausgabe.«

  Das verstand sie ebenfalls nicht, drückte aber dankbar seinen Arm und hinkte mit dem Topf und dem Brot langsam zur Haustür. Er sah ihr noch nach, nachdem sich die Tür geschlossen hatte. Auf dem

Weg zurück zur Unterkunft ging ihm das Gesicht der Frau nicht aus dem Sinn. Besonders die großen, dunkelblauen Augen sah er immer noch deutlich vor sich. Seine Augen waren auch blau, hatten aber eher die Farbe von Vergissmeinnicht. Sein blondes, widerspenstiges gelocktes Haar ähnelte sonnengebleichtem Stroh, während die blonden Strähnen, die unter ihrem Kopftuch hervorgeschaut hatten, eher einen Goldton hatten.

Der von Marschall Shukow bereits Ende April 45 als erster Stadtkommandant eingesetzte Generaloberst Nikolai Bersarin sorgte ohne Zeitverlust für eine provisorische deutsche Stadtverwaltung. Er hatte die erste geregelte Versorgung der Berliner Bevölkerung mit Nahrungsmitteln eingeführt. Dazu gehörte auch die Verteilung von warmen Mahlzeiten aus sogenannten Gulaschkanonen. So verdankte Kolja, wenn man so will, sein Zusammentreffen mit der jungen Frau dem Generaloberst Nikolai Bersarin.

Am nächsten Tag schlenderte Kolja langsam, doch zielstrebig zum Kissingenplatz. Sie war nicht zu sehen. So unterhielt er sich mit den Kameraden, die das Essen austeilten, und wartete. Als er die anstehenden Menschen beobachtete, fiel ihm auf, dass die deutschen Frauen die Kopftücher ganz anders trugen als die russischen. Sie waren eher wie Turbane gebunden und verhüllten nicht den größten Teil des Gesichts, wie er es von den Frauen aus seiner Heimat kannte.

Die Verteilung ging allmählich dem Ende entgegen, doch sie war nicht gekommen. Sich selbst

Mut zusprechend, lief Kolja den Weg, den sie zusammen gegangen waren. Kurz darauf stand er vor dem Haus und wusste, dass sie dort sein musste; mit dem verletzten Fuß würde sie wohl kaum spazieren gegangen sein. Doch er hatte keine Ahnung, wie er es anstellen sollte, sie wiederzusehen. Als er bemerkte, dass er aus einigen Fenstern heraus beobachtet wurde, zog er es vor weiterzugehen. An der nächsten Ecke blieb er noch einmal stehen, blickte zurück und wünschte sich, sie möge in diesem Moment aus dem Haus treten.

An diesem Tag hatte Charlotte, so hieß die junge Frau, in einer Schublade nach einem Kuvert gesucht, in dem sie mehrere Briefe und ein Foto ihres Verlobten verwahrte. Seit längerer Zeit hatte sie es nicht hervorgeholt. Es zeigte ein fröhliches Gesicht, in dem dunkle Augen den Betrachter herausfordernd und zugleich etwas verträumt anblicken. Sie hinkte zum Fenster, um sich das Bild im Tageslicht näher anzusehen. Dabei fiel ihr Blick auf die Straße, und einen Moment glaubte sie den jungen Soldaten zu sehen, der ihr geholfen hatte, wie er gerade um die nächste Straßenecke bog und entschwand. Dann wandte sie sich wieder dem Foto zu. Wie viel Zuversicht hatte in den Worten ihres Verlobten gelegen, als er einberufen wurde und zu ihr sagte: »Mach dir keine Sorgen, ich habe bestimmt Glück. In Frankreich wird es schon nicht so schlimm werden, glaube ich. Sobald es geht, schreibe ich dir.«

Nach ein paar Wochen kam ein Brief. Darin teilte ihr der Vater ihres Verlobten mit, dass Karl kurz vor der Kapitulation Frankreichs, Anfang Juni 1940, bei Dijon gefallen war. Anfangs wollte sie der Wahrheit nicht ins Gesicht sehen. Sie klammerte sich an die Möglichkeit, dass es ein Irrtum, eine Namensverwechslung sein könnte. Die Monate kamen und gingen, und so bitter es auch klingen mag, die Erinnerung an ihren Verlobten wurde schwächer, verblasste und machte allmählich der Gewissheit Platz, dass der Traum von einer gemeinsamen Zukunft ausgeträumt war. Ihr wurde immer klarer, dass sie sich erneut dem Leben öffnen musste.

Langsam, bedächtig legte sie das Foto zurück in das Kuvert, steckte es ganz hinten in die Schublade und schob diese entschlossen zu, als hätte sie die Absicht, sie nie wieder zu öffnen.

Am nächsten Tag hatte es schon früh am Morgen angefangen zu regnen, und der Wind wehte recht unangenehm von Westen. Etwas geschützt stand Kolja in der Nähe des Essenausgabeplatzes in einem Hauseingang. Er zweifelte, dass sie bei diesem Wetter kommen würde, und nahm sich vor, nur eine kurze Zeit zu warten. Er spürte die Blicke der Menschen, die am Haus vorbeiliefen und sich wohl fragten, was der Soldat dort im Eingang zu suchen hatte. Nachdem er einer Hausbewohnerin Platz gemacht hatte, die sich kopfschüttelnd an ihm vorbei ins Haus gedrängt hatte, hielt er es nicht mehr aus und ging wie am Vortag den Weg in Richtung des Hauses seiner blonden Bekanntschaft.

Den Kopf etwas gesenkt und recht eilig bog er um die Ecke in ihre Straße ein. Fast wäre er mit einer

Frau zusammengestoßen, die einen Regenschirm schräg vor sich hielt, damit der Wind den Schirm nicht umklappen konnte. Einen Moment hob sie den Schirm hoch und wollte gerade zu einer Entschuldigung ansetzen, als sie ihn erkannte. »Hallo«, sagte sie leise und sah in sein regennasses Gesicht.

»Allo«, antwortete er auf Russisch. Damit sie nicht wieder sofort weitergehen sollte, zeigte Kolja auf ihren Fuß und fragte: »Haben Sie noch Schmerzen?«

Sie verstand nicht seine Worte, aber begriff den Inhalt und seine Geste. »Nein«, antwortete sie und schüttelte bekräftigend den Kopf.

»Gut.« Als sie aber Anstalten machte weiterzugehen, ergriff er vorsichtig ihren linken Arm, worauf sie ihn erschrocken zurückzog. Kolja hielt den Arm kurz vor dem Handgelenk sanft fest und zeigte auf die Armbanduhr. Sie sah ihn ungläubig und enttäuscht an und versuchte, den Schirm mit dem Ellbogen am Körper festklemmend, das Uhrarmband zu öffnen. Als sie sein lautes und fröhliches Lachen hörte, blickte sie hoch. Er schüttelte den Kopf, zeigte auf das Zifferblatt und ließ den Zeigefinger zweimal im Uhrzeigersinn kreisen. Sie überlegte, ob er zwei Stunden meinte, aber war sich dann sicher, dass er vierundzwanzig Stunden andeuten wollte. Danach deutete er auf die Stelle, wo sie im Augenblick standen, und wartete auf ihre Reaktion. Als sie seinen erwartungsvollen Blick sah, musste auch sie lachen, nickte und entzog noch etwas zögernd ihren Arm seinem Griff.

Zum ersten Mal sah sie ihn sich genauer an. Ihr prüfender Blick stellte fest, dass er eine saubere, wohl neue Uniform trug und seine Stiefel fast wie neu glänzten. Auf der linken Brust hing an einem grauen Band mit gelben Streifen eine blanke Medaille. War auch der Schnitt von Hose und Uniformbluse nicht gerade modisch, sondern sah eher wie eine bäuerliche Tracht aus, so machte er doch einen erfreulich gepflegten Eindruck. Unter seinem schräg auf dem Kopf sitzenden Käppi standen seitlich die widerborstigen Haare ab. Seine blauen Augen sahen sie erwartungsvoll wie die eines Kindes an.

In der Zwischenzeit hatte der Regen nachgelassen. Sie klappte den Schirm zu, deutete in Richtung der Essenausgabe und sah ihn fragend an. Er schüttelte den Kopf, zeigte noch einmal auf ihre Uhr und auf die Stelle, an der sie standen. Sie nickte und ging die Straße entlang zur Essenverteilung. Kolja sah ihr nach, bis sie in die Kissingenstraße einbog und seinen Blicken entschwand.

Plötzlich durchfuhr es ihn wie ein Blitz. Was würde passieren, wenn seine Vorgesetzten von seiner deutschen Bekanntschaft erfuhren? Wie verhielte sich sein Kommandant Woronin? Erst jetzt wurde ihm das Risiko bewusst. Es kursierten bereits seit einiger Zeit Gerüchte unter seinen Kameraden, dass Soldaten, die sich mit deutschen Frauen eingelassen hatten, zur Rede gestellt wurden. Man befahl ihnen unmissverständlich, sich nicht mehr mit ihren Bekanntschaften zu treffen. Andernfalls müssten sie mit einer Bestrafung und sofortiger Abschiebung in die Heimat rechnen.

Auf dem Weg zum Quartier kreisten Koljas Gedanken nur um einen Punkt. Konnte er es wagen, diese Bekanntschaft weiter aufrechtzuerhalten? Wo lagen die Risiken, wenn sie öfter zusammen gesehen wurden? Er war nur ein einfacher Soldat, leider kein Offizier, der sich weit mehr Freiheiten herausnehmen konnte. Er wusste, dass es ihm nicht möglich sein würde, sie in ihre Wohnung zu begleiten. Es genügte eine Anfrage, eine Beschwerde eines Anwohners bei einem seiner Vorgesetzten, und er würde hart bestraft werden.

Andererseits ging sie ihm nicht aus dem Sinn, sodass er alles versuchen würde, um sie näher kennenzulernen. Da fiel ihm ein, dass ihm Pawel mit seinen Deutschkenntnissen behilflich sein könnte. Bei dieser Idee beschleunigte er seine Schritte. In Gedanken formulierte er Sätze, die von der Maus übersetzt werden mussten: »Mein Name ist Kolja«, worauf der zweite Satz folgerichtig lauten musste: »Wie heißt du?« Dann folgten: »Bist du verheiratet? Ich lebe in der Nähe von Moskau. Wohnst du bei deinen Eltern? Wo können wir uns treffen? Möchtest du, dass wir uns wiedersehen?«

Kolja fielen noch viele Fragen ein, und er hoffte, seine schönen Sätze nicht bis zur Unterkunft zu vergessen. Kaum hatte er Pawel erspäht, trug er ihm seine Bitte vor. Die Maus verdrehte die Augen, seufzte tief und machte sich ans Werk. Zwischendurch unterbrach er die Übersetzung, um Kolja zu fragen, ob er wüsste, worauf er sich da wohl einließe.«»Kann ich dir nicht sagen, weil ich selber nicht weiß, was geschehen wird«, entgegnete Kolja. »Wir werden es ja erleben.«

Pawel schrieb die einzelnen Sätze untereinander und stets rechts daneben die Übersetzung ins Deutsche.

»Danke, mein Freund«, sagte Kolja, faltete das Stück Papier sorgfältig zusammen und steckte es in die Tasche seiner Uniformbluse.

Die Nachmittagssonne wärmte seinen Rücken, als er vor der Unterkunft auf einem wackeligen Hocker saß und die Ereignisse des Tages überdachte. Unvermittelt und urplötzlich sprang er auf, der Hocker fiel um, und ein strahlendes Lächeln huschte über sein Gesicht. Ja, das war die Lösung! Auf dem riesigen Bahngelände befanden sich auch eine Kantine und eine Küche für die Mitarbeiter der Reichsbahn. Sie dienten nun unter anderem als Versorgungsstelle der Armee für die Mahlzeiten, die mit der Gulaschkanone an die Bevölkerung verteilt wurden. Hier wurden die Lebensmittel angeliefert, verarbeitet und gekocht. Sicher würde man ein paar fleißige Hände mehr brauchen können, dachte Kolja.

Ohne eine Minute Zeit zu verlieren, machte er sich auf den Weg zum Küchengebäude. Der für die Küche zuständige Kamerad hörte sich den Vorschlag Koljas an, runzelte die Stirn und hob abwehrend die Hände. »Nein, mein Freund«, sagte er, »ich rieche schon jetzt, dass ich mir damit Probleme einhandele. Tut mir leid, aber das kann ich nicht machen!«

Kolja sah sein Gegenüber fassungslos an. Seine Gedanken überschlugen sich. Löste sich sein guter Plan nun in Luft auf? Da zuckte ein letzter verzweifelter Gedanke durch sein Hirn. Er straffte seinen Körper und sagte bedauernd: »Schade, sie ist gelernte Köchin und hätte sicher dazu beitragen können, dass dein Essen etwas schmackhafter ausfiele.«

Es sah aus, als ob der Angesprochene aufbrausen würde, aber dann fasste er sich und sah Kolja noch etwas misstrauisch an. »Gut, in Ordnung. Sie soll sich bei mir morgen am Nachmittag melden und sagen, dass du sie geschickt hast. Wie heißt du eigentlich?«

»Ich heiße Kolja.«

»Also dann bis morgen«, brummte der Küchenbulle, drehte sich um und schob seinen feisten Körper zurück in die Küche.

Auf dem Rückweg wurde Kolja immer mehr bewusst, auf welches Risiko er sich da eingelassen hatte. Was würde sie sagen, wenn er ihr seinen Vorschlag unterbreitete? Wie wäre ihre Reaktion, dass er sie als Köchin angeboten hatte? Ihm wurde ganz schwindelig. Verstünde sie seine gute Absicht vielleicht völlig falsch, und hätte er sie damit verloren, ehe es richtig begonnen hatte?

Zunächst eilte er zu Pawel, der ihm abwehrend die Arme entgegenstreckte. »Noch mehr Schreibarbeit ist heute mit mir nicht drin«, rief er Kolja entgegen, noch ehe dieser sein Anliegen vortragen konnte.

»Warte bitte einen Moment«, bat Kolja und erzählte die ganze Geschichte.

Erst wollte die Maus in Gelächter ausbrechen, als er aber die verzweifelte Miene seines Kameraden sah, fragte er nur: »Was soll ich übersetzen?«

Kolja diktierte erleichtert sein Vorhaben in kurzen Sätzen, wobei er am Ende um Verzeihung für seine Voreiligkeit und Notlüge bat. Der Schlusssatz lautete: »Bist du einverstanden? Ich bitte dich sehr darum!«

Die Übersetzung war recht holprig, aber verständlich. Pawel wandte ein, dass es auch in Deutschland Sitte sei, sich mit Sie anzureden, wenn man sich noch nicht länger und besser kannte.

»Ach, nun ist es auch egal«, antwortete Kolja, »lass es so stehen.«

In dieser Nacht fand Kolja wenig Schlaf. In seiner Fantasie malte er sich die schlimmsten Szenen aus. Er sah vor sich, wie die junge Frau ihn entsetzt anschaute, sich dann wortlos umdrehte und eilig davonlief.

Der Morgen kam unerbittlich, und gegen zwölf Uhr eilte Kolja zu der Stelle, an der sie sich verabredet hatten. Er bog um die letzte Ecke beim großen Gerichtsgebäude und sah sie bereits von weitem. Seine Schritte wurden zusehends zögernder und langsamer. Doch dann stand er vor ihr. Kolja betrachtete sie genauer und dachte bei sich, dass ihr dünner Wettermantel für diese Jahreszeit viel zu kalt sein müsste. Als er oben am Revers des Mantels die Ränder einer Strickjacke sah, wusste er jedoch, dass sie nicht frieren würde. Sie begrüßten sich mit einem gegenseitigen »Hallo« und liefen die ersten Meter schweigend nebeneinander her. Unbewusst hatten sie einen Weg gewählt, auf dem ihnen kaum Leute begegneten. In der Nähe einer ausgebrannten Häuserruine deutete Kolja auf eine Bank, die unter Bäumen auf dem Mittelstreifen zwischen den Fahrbahnen stand. Die Linden zeigten bereits zaghafte hellgrüne Blattspitzen. Einige jedoch waren durch Kriegseinwirkung ohne Krone, hatten Äste verloren, oder die Stämme standen zersplittert und ohne Hoffnung auf ein Weiterleben da.

Die Sitzfläche der Bank war mit weißlichem Staub bedeckt. Sie versuchte, sie mit einem Taschentuch sauber zu wischen. Kolja griff in seine Hosentasche, zog ein größeres Tuch hervor und faltete es hastig auseinander, um sie zu unterstützen. Ein kleiner Metallgegenstand fiel klappernd auf die hölzerne Sitzfläche. Das Blut schoss in sein Gesicht. Ehe er reagieren konnte, hatte sie den Gegenstand aufgehoben und betrachtete ihn neugierig. Sie erkannte die Heiligenfiguren und das Kreuz mit dem schrägen Querbalken, nickte zustimmend und reichte ihn Kolja mit einem Lächeln. Nachdem auch er seinen Sitzplatz sauber gewedelt hatte, wickelte er die Ikone sorgfältig wieder ein und steckte sie in die Tasche.

Nun saßen sie nebeneinander und schwiegen. Da erinnerte sich Kolja an Pawels übersetzten Fragetext. Sie sah zu, wie er ein Stück Papier aus der Uniformbluse zog, es sorgsam auffaltete und anfing zu lesen. Dann hielt er ihr den Zettel hin und zeigte auf die erste Zeile. Beim Anblick der fremden Schriftzeichen schüttelte sie den Kopf und sah ihn fragend an. Als Kolja merkte, dass sein Finger auf den russischen Text deutete, lächelte er und wies nun auf die etwas ungelenke, aber lesbare deutsche Übersetzung. »Mein Name ist Kolja.«

»Kolja«, sagte sie. Er nickte, und das Rot kehrte auf seine Wangen zurück. Ehe er auf den zweiten Satz zeigen konnte, um ihren Namen zu erfahren, deutete sie auf sich und sagte betont langsam: »Charlot-te!«

Sein erster Versuch ging daneben. Beim zweiten Mal war er bereits zu verstehen. Sie hörte, wie schwierig das Wort für ihn war und sagte: »Lotte!«

Er strahlte, zeigte auf sie und wiederholte fast einwandfrei: »Lotte.« Beide deuteten abwechselnd auf sich selbst und dann auf ihr Gegenüber und wiederholten: »Lotte«, »Kolja«, »Kolja«, »Lotte«. Sie mussten beide lachen. Neugierig geworden, zeigte sie auf den Zettel, um die nächsten Zeilen zu lesen. »Bist du verheiratet?«

Sie zeigte auf den Satz und schüttelte den Kopf. Er strahlte, tippte sich mit dem Zeigefinger auf die Brust und schüttelte ebenfalls den Kopf. Sie nickte, als ob sie sagen wollte: »Fein, das freut mich.« So arbeiteten sie sich auf dem Zettel vorwärts bis zu dem Satz: »Wo können wir uns treffen?« Sie hob die Schultern und sah Kolja erwartungsvoll an. Den Gedanken, ihn mit in die Wohnung zu nehmen, der ganz kurz durch ihren Kopf gezuckt war, verwarf sie sofort wieder im Hinblick auf die anderen Hausbewohner.

Nun fiel Kolja der zweite Zettel ein, mit dem Vorschlag, dass sich Lotte zum Küchendienst einfinden sollte. Er zögerte, zog den Zettel langsam aus der Tasche und reichte ihn ihr. Sie sah ihn forschend an und bemerkte, dass er plötzlich etwas nervös und unsicher wirkte. Sie las langsam Zeile für Zeile, schüttelte den Kopf und gab ihm das Stück Papier zurück. Er sah sie bittend an, aber sie zuckte mit den Schultern und schüttelte abermals langsam, bedächtig und nachdenklich den Kopf. Dann hörte sie ihn sagen: »Bitte, bitte, ja!« Er hatte es sich von Pawel auf Deutsch beibringen lassen. Seine Aussprache klang so fremdartig, dass sie schon wieder lächeln musste. Er verstand nicht, warum sie lächelte, dachte aber, es wäre eine Art Zustimmung, und strahlte über das ganze Gesicht. Jetzt fiel es ihr schwer, nein zu sagen, so sagte sie: »Vielleicht«, und unterstrich die Aussage gestenreich. Koljas Herz klopfte vor Freude stärker, und er wünschte, es sei bereits der nächste Tag.

Beide schreckten aus ihrer Unterhaltung auf, als eine große, hagere Frau mittleren Alters dicht an ihnen vorbei die Mittelpromenade entlangschritt. In Höhe der Bank verlangsamte sie ihre Schritte, sah das Pärchen finster und sichtlich voller Verachtung an, warf den Kopf zurück, murmelte etwas Unverständliches und eilte weiter. Mit ihrem Mittelscheitel, dem Haarknoten und dem strengen Gesicht wirkte sie wie eine Heimleiterin beim »Bund Deutscher Mädel«. Die Frau kletterte über den Schuttberg eines zusammengefallenen Vorderhauses und im verschwand dahinter liegenden, stehen gebliebenen Hinterhaus.

Nachdenklich sah Lotte ihr nach. Sie dachte an ihre offensichtliche Empörung, als sie eine junge deutsche Frau mit einem Rotarmisten, augenscheinlich in gutem Einvernehmen, auf der Bank hatte sitzen sehen. Ein Anflug von Verständnis machte sich bei ihr bemerkbar. War es vertretbar und richtig, sich mit dem jungen Uniformträger, dem verhassten und gefürchteten Feind, nun in aller Öffentlichkeit zusammen zu zeigen? Die schrecklichen Ereignisse des Krieges lagen erst kurz hinter ihnen, und an ein Vergessen war sicher für lange, lange Zeit nicht zu denken. Aber hatte er nicht, wie damals ihr Verlobter, nur dem Befehl der Führung gehorcht und die Uniform anziehen müssen? Sie war nach kurzem Überlegen davon überzeugt, dass auch Kolja lieber in seiner Heimat geblieben wäre, anstatt sein Leben zu riskieren.

Sie schrak zusammen. Kolja hatte ihren abwesenden Gesichtsausdruck gesehen und sich bemerkbar gemacht, indem er vorsichtig ihren Arm angefasst hatte. Sie blickte in seine blauen Augen, die immer noch einen erwartungsvollen Ausdruck zeigten, und sagte mit einem Seufzer: »Ja, ich werde kommen!« Er verstand den Sinn der Worte und drückte spontan ihren Arm vor Erleichterung.

Pawel hatte, wie es Kolja vorgeschlagen hatte, die Adresse, den Standort des Küchenbereichs, den Namen des Küchenbullen und auch den Termin genauestens am Ende des Zettels aufgeschrieben. Lotte faltete das Papier sorgfältig wieder zusammen und steckte es in die Manteltasche. Dann stand sie unvermittelt auf, reichte Kolja die Hand und verabschiedete sich mit den Worten: »Bis bald.« Sie drehte sich um und schlug den Weg zu ihrer Wohnung ein. Kolja lief ihr nach und begleitete sie wortlos bis zur Ecke ihrer Straße. Als sie stehen blieb, verstand er sofort, was sie damit ausdrücken wollte, lächelte ihr zu und wandte sich einer anderen Richtung zu. Nach einigen Schritten drehte er sich um, und sah gerade noch, dass auch sie ihm nachgesehen hatte.

Es wurde Nachmittag, und Kolja brannte darauf zu sehen, ob sie sich wirklich in der Küche gemeldet hatte. Ein dienstlicher Auftrag vereitelte jedoch seinen Plan, zum Küchengebäude zu eilen. Zähneknirschend erfüllte er die ihm und seinen Kameraden übertragenen Arbeiten, die bis in den Abend hinein andauerten. Die Küche war bereits geschlossen, und er wusste nicht, ob sie dort gewesen war.

Kaum war der nächste Tag angebrochen, eilte Kolja zum Küchengebäude, suchte und fand den Küchenchef und bestürmte ihn sofort mit der Frage nach der jungen Frau.

»Ja, sie war hier und hat sich bei der Vorbereitung der Abendmahlzeiten nützlich gemacht. Sie wird morgen bereits um sechs Uhr wieder hier sein.«

»Danke, Kamerad!« Kolja verließ hochzufrieden den Raum.

»Tja, die jungen Kerle haben es schon nicht so leicht im Frühling«, murmelte der Küchenbulle und grinste voller Verständnis. Er hatte inzwischen herausgefunden, dass die junge Frau keine gelernte Köchin war. Da sie jedoch sofort umsichtig und fleißig zugepackt hatte, sah er Kolja die Notlüge nach.

Am nächsten Tag wurden Kolja und einige seiner Kameraden zu Instandsetzungsarbeiten in den Bezirk Treptow abkommandiert. Hier galt es, eine beschädigte Kaserne der Wehrmacht wieder bewohnbar zu machen. Pawel merkte bald, wie unruhig und unkonzentriert Kolja bei der Arbeit war. Er versuchte, ihn zu beruhigen. »Deine Deutsche läuft dir ja nicht weg.«

Diese Feststellung konnte Kolja nicht besonders trösten. Kaum war der Arbeitseinsatz beendet, brachten Lastwagen die Soldaten zu ihrer Unterkunft zurück. Es war später Nachmittag, und Kolja eilte zu seinem Quartier, um sich zu waschen. Pawel, der im gleichen Haus wohnte, begleitete ihn. Sie waren bis dicht vor den Eingang gekommen, als eine Stimme »Kolja« rief. Ein Stromstoß hätte nicht wirksamer sein können. Kolja erstarrte, drehte sich um und sah Lotte auf der anderen Seite im Eingang eines Hauses stehen. Er packte Pawel am Arm und flüsterte ihm zu: »Nun zeig mal, wie gut dein Deutsch ist!« Dann zerrte er ihn in Richtung der wartenden Frau. Kolja wusste, dass es keine bessere Gelegenheit geben würde, um mehr voneinander zu erfahren. Er zeigte auf Pawel und sagte: »Pawel.«

»Mein Name ist Charlotte, aber Kolja darf mich Lotte nennen.« Sie staunte, als Pawel auf Deutsch antwortete:

»Ich weiß, Kolja hat mir erzählt.«

»Sie sind also der Übersetzer der Sätze auf den Zetteln«, folgerte sie und lächelte Pawel an.

Pawel errötete und nickte.

»Woher wusstest du, wo du mich finden würdest?«, fragte Kolja. Pawel übersetzte dies und auch die Antwort: »Ich habe den Küchenleiter gefragt, und er wusste es.«

Kameraden, unter ihnen auch Leonid, kamen vorbei, und als einige sich beim Anblick der jungen Frau mit anerkennenden Pfiffen bemerkbar machten, schlug Kolja vor, etwas spazieren zu gehen. Sie schlenderten den mit Bäumen gesäumten Weg an der Außenmauer des Geländes entlang, viele Fragen wurden von beiden Seiten gestellt und beantwortet, und Pawel wuchs immer mehr in die Rolle des Dolmetschers hinein. Als Lotte ihn für seine gute Übersetzung lobte, fühlte er sich so richtig wichtig in seiner Rolle. Sie hatte Kolja mitgeteilt, an welchen Tagen sie Frühdienst hatte und an welchen Spätdienst. Kolja hingegen konnte nur sagen, dass er von einer Minute zur anderen irgendwohin abkommandiert werden konnte. Als Treffpunkt bestimmten sie das Küchengebäude.

Sie verabschiedete sich von beiden mit einem Händedruck, wobei Kolja versuchte, ihre Hand länger zu halten, und eilte davon.

»Du hast vielleicht ein Glück«, bemerkte Pawel neidvoll, als Kolja sich bei ihm für seine Hilfe bedankte.

Viele Tage später, als sie sich bereits mehrmals getroffen hatten, erinnerte sich Lotte an die Medaille. Als sie sich mit Hilfe von Pawels Übersetzungen besser verständigen konnten, fragte sie Kolja, wofür er die Medaille bekommen habe. Lotte las die Übersetzung auf dem Stück Papier: »Für Verdienste im Kampf.« Sie nickte nur und wollte lieber nicht wissen, was er dafür getan hatte.

Wenn Lotte Spätdienst hatte und früh am Morgen am Küchengebäude auf Kolja wartete, konnte es geschehen, dass sie ihn nur kurz von weitem zu sehen bekam, ehe er zu den wartenden Lastwagen marschierte, die die Soldaten zum Arbeitseinsatz brachten. Doch manchmal klappte es, und sie liefen zwischen den Eisenbahnwaggons entlang, die in langen Reihen, Gleis an Gleis, aufgereiht standen. Einige waren von Bomben zerfetzt und umgestürzt. Manche hatten wohl zum Truppentransport gedient. Durch die aufgeschobenen Türen waren strohbedeckte Böden, Decken und oft auch kleine eiserne Öfen zu sehen. Kolja ging durch den Kopf, dass also auch die deutschen Soldaten nicht mit Luxuszügen an die Front gefahren waren.

Hier zwischen den Bahngleisen konnten Kolja und Lotte sicher sein, dass ihnen niemand begegnen würde. So dauerte es nicht lange, und sie gingen Hand in Hand durch den warmen Frühlingstag. Anfangs zuckte Lotte noch zusammen, wenn er versuchte, ihre Hand zu fassen. Doch irgendwann gab sie nach und empfand ein angenehmes Gefühl, wenn er erst zaghaft, dann fester seinen Arm um ihre Schultern legte. Ihr war längst klar geworden, worauf sie sich eingelassen hatte. Sie hatte nächtelang ihr Handeln von allen Seiten geprüft und war dann zum Schluss gekommen: Was soll's, was erwarte ich noch vom Leben in diesen Zeiten?

Ihre Eltern waren bei einem Bombenangriff verschüttet worden und hatten nur noch tot geborgen werden können. Die ersten Tage nach dem Einmarsch der Roten Armee hatte sie voller Angst ihre Wohnung nicht verlassen. Das Schicksal, das viele deutsche Frauen erleiden mussten, war ihr dadurch Gott sei Dank erspart geblieben. Doch Berlin war ein einziger Trümmerhaufen. Wovon sollte sie leben, wo richtige Arbeit finden? Wenn sie an die Menschenschlange bei der Essenausgabe dachte, sah sie nur alte, gebrechliche, invalide Männer vor sich. Alle jungen wehrfähigen Männer waren eingezogen worden, und wer wusste, wie viele von ihnen mit gesunden Knochen heimkehrten. Sie war jung, und was der nächste Tag brächte, wusste niemand.

Sie wurde abrupt aus ihren Gedanken gerissen, als Kolja sie plötzlich fest in die Arme nahm. Nur kurz stemmte sie ihre Hände gegen seine Brust, dann gab sie nach und ließ es zu, dass er sie ganz behutsam, fast scheu, küsste. Sie schloss die Augen, legte ihre Arme um Kolja und erwiderte seinen Kuss, lange und innig. Dann schlug sie die Augen auf, sah in seine strahlenden blauen Augen und drückte ihn fest an sich. Sie lösten sich voneinander, gingen Hand in Hand weiter und genossen schweigend ihr Zusammensein.

Eines Tages brachte Kolja seine Mundharmonika mit. Er fragte sich, warum er nicht schon früher daran gedacht hatte. Als Lotte das Instrument sah, zog sie ihn zu einer alten, etwas verwitterten Bank und setzte sich. »Spiel bitte«, sagte sie, und er spielte die schönen alten russischen Lieder für sie. Ab und zu unterbrach sie ihn mit Worten und Gesten: »Das Lied kenne ich, das wird auch in Deutschland oft gespielt«, und Kolja machte große Augen.

Es war Freitag, als sie sich wie so oft am Küchengebäude trafen. Sie hatte Frühdienst gehabt, und so lagen der späte Nachmittag und der ganze Abend vor ihnen. Der Weg hatte sie wieder in den abgelegenen Teil des Bahngeländes geführt, wo sie sich nähergekommen waren. Die Sonne hatte es an diesem Tag besonders gut gemeint und von morgens an mit ganzer Kraft die Luft aufgewärmt. Am Nachmittag wurde es drückend warm, und die Sonnenstrahlen brannten unangenehm und stechend. Von ferne zogen Wolken heran, die sich pilzförmig aufbauschten und sich aufquellend vermehrten. Kolja hatte sein Käppi vom Kopf genommen und eingesteckt, Lotte hatte den leichten Sommermantel geöffnet und die zwei oberen Knöpfe des Sommerkleides geöffnet. Sie waren ab und zu stehen geblieben, hatten sich geküsst und waren weitergegangen. Kolja hatte sich von Pawel die Worte »Ich liebe dich« beibringen lassen und sie ihr bei passender Gelegenheit ins Ohr geflüstert. Seine Aussprache klang recht fremd, so dass sie beim ersten Mal lachen musste. Er hatte aber den Grund ihrer Heiterkeit sofort erfasst und forderte sie mit Gesten auf, den Satz so oft zu wiederholen, bis er ihn einwandfrei nachsprechen konnte.

Sie waren so miteinander beschäftigt, dass sie die sich nähernde schwarze Wolkenwand erst bemerkten, als diese die Sonne verdunkelte. Schlagartig sprang ein Wind auf, wirbelte altes Laub und Staub auf, so dass sie ihre Augen mit den Händen schützen mussten.

Kolja deutete in die Richtung, aus der sie gekommen waren. Lotte nickte verstehend. Doch kaum hatten sie den Rückweg angetreten, als der erste Blitz sie zusammenzucken ließ und der folgende Donner in ihren Ohren dröhnte. Fast im gleichen Moment rauschte ein gewaltiger Regenguss vom Himmel. Die Wassermassen des Frühlingsgewitters durchnässten die beiden augenblicklich. Die offen stehende Tür eines Waggons bot Rettung. Ohne lange zu überlegen, hob Kolja Lotte hoch und half ihr in den Wagen. Dann folgte er schleunigst.

Sie zogen sich etwas tiefer ins Innere zurück, da die Windböen den Regen in die Türöffnung wehten. Das Stroh auf dem Boden war trocken und von der Hitze des Tages angenehm warm. Lotte legte sich auf die Seite und sah hinaus in den strömenden Regen. Kolja saß neben ihr und betrachtete sie neugierig und verlangend. Sie hatte das Kopftuch abgebunden und ihre Haare mit den Fingern durchkämmt. Als sie neben sich zeigte, verstand er die Geste als Einladung und legte sich nahe zu ihr. Vorsichtig und jederzeit damit rechnend, zurückgewiesen zu werden, streichelte er über ihre blonden Haare. Sie fasste nach seiner Hand und drückte sie sanft, zog sie tiefer zu ihrem Hals und dann weiter bis zum Ausschnitt des Sommerkleides. Ihre Blicke trafen sich in stillem Einverständnis. Da seine Finger wohl nicht so geübt und feinfühlig waren und das Aufknöpfen nur mühsam voranging, übernahm sie es flink und wie selbstverständlich. Es war, als sei ein Damm gebrochen. Nicht viel später, und die jungen Menschen hielten sich fest in den Armen. Lottes Zukunftssorgen und seine monatelangen Entbehrungen auf dem langen Weg nach Berlin entluden sich schlagartig in befreiendem Ausleben ihrer Gefühle.

Das Gewitter zog weiter und hinterließ eine feuchte, aber angenehme Kühle. Tief atmeten Lotte und Kolja diese erfrischende Luft ein und lehnten sich erschöpft und wohlig müde aneinander.

»Wir müssen jetzt gehen.« Ihre Worte ließen ihn zusammenzucken. Er sah sie fragend an, worauf Lotte in die Richtung zeigte, aus der sie gekommen waren. Kolja nickte, kletterte zuerst aus dem Waggon und half ihr beim Aussteigen. Sie fassten sich an den Händen und sprangen gemeinsam über die Pfützen, die der Regen hinterlassen hatte. Wenn der Sprung zu kurz geriet und das Wasser aufspritzte, lachten sie übermütig wie Kinder.

In Sichtweite der Gebäude liefen sie getrennt nebeneinander her und verabschiedeten sich, indem sie sich die Hände reichten. Ein langer Blick, und jeder tauchte wieder in seine eigene Welt ein.

In den folgenden Wochen war kein Wörterbuch nötig. Sie fanden Zeit und Gelegenheit, allein und fernab der anderen ihr Glück auszuleben. Eines Abends jedoch, als Kolja sich gerade mit einem Lächeln und einem Winken von Lotte verabschiedet hatte, stand Pawel vor dem Eingang der Unterkunft und wartete bereits auf ihn.

»Was machst du für ein Gesicht?«, fragte Kolja.

»Komm erst einmal herein«, antwortete Pawel und zog Kolja am Arm in den Hausflur.

»Nun sag schon, was los ist!«, drängte Kolja.

»Tja, es ist zwar nur ein Gerücht, aber etwas Wahres ist meistens daran. Wir sollen recht bald zurück nach Russland, wird gemunkelt.«

Kolja erschrak. Durch die Ereignisse der letzten Tage war der vorher so drängende Wunsch heimzukommen in den Hintergrund gedrängt worden. »Was heißt bald?«

»Weiß nicht, aber fange langsam an, dich von deinem blonden Täubchen zu verabschieden.«

»Spar dir deinen guten Rat«, knurrte Kolja, »ich weiß schon selber, was ich machen muss.«

»Sei nicht so brummig«, sagte Pawel. »Ich habe noch eine kleine gute Nachricht.«

»Und die wäre?«

»Mein Kommandeur hat angedeutet, dass er mich eventuell als Dolmetscher einsetzen könnte. Die Stadt ist sehr groß, und die offiziellen Armeedolmetscher reichen hinten und vorne nicht aus.« Pawels Miene war selbstgefällig.

»Pawel«, bat Kolja, »schreib bitte auf, dass ich bald zurück nach Russland muss und sie um ihre vollständige Anschrift bitte.« Pawel nickte, und Kolja fuhr fort: »Ich bitte dich, pass auf Lotte auf. Sollte sie zum Beispiel Probleme bei der Arbeit bekommen, dann hilf ihr. Wenn man sie vielleicht als Trümmerfrau zum Steine klopfen einsetzen will, dann versuch es mit Hilfe unseres Kommandanten zu verhindern.«

»Du kannst dich darauf verlassen.« Pawel machte sich sofort an die Übersetzung.

Den Zettel steckte Kolja mit einem Seufzer in seine Uniformbluse. »Auf diese Nachricht könnte ich einen Schluck vertragen, und wenn ich mich nicht sehr täusche, hast du immer eine kleine Reserve für solche Fälle.«

»Gute Idee«, flüsterte Pawel, »aber lass uns den Kummer woanders ertränken. Die Kameraden müssen gleich vom Arbeitseinsatz zurück sein, und dann bleibt für uns nur noch der Geruch in der leeren Flasche.« Er holte eine fast volle Flasche Wodka aus einem Versteck, steckte sie in seinen Brotbeutel und verließ mit Kolja das Haus.

Die Soldaten, die noch keinen Befehl zur Heimreise erhalten hatten, wurden aus örtlich verstreuten Unterkünften gesammelt und in instand gesetzte Wehrmachtsgebäude kaserniert. Bisher hatten Kolja und seine Kameraden weder einen Heimreisebefehl noch die Mitteilung über eine Umquartierung in eine dieser Kasernen erhalten. Nach einigen Wochen kursierte das Gerücht, dass alle, die an den Kämpfen um Berlin teilgenommen hatten, mit einer Medaille ausgezeichnet werden sollten. So geschah es bald darauf, dass der Kommandeur der versammelten Mannschaft im Namen des Vaterlandes dankte und jedem die Medaille »Für die Einnahme Berlins« an

die Brust heften ließ. Mit berechtigtem Stolz nahm Kolja die Beförderung zum Gefreiten entgegen. Er fand, dass sich die neue Medaille mit dem roten Band und den schwarzen und gelben Streifen sehr dekorativ neben seiner Medaille »Für Verdienste im Kampf« ausmachte.
Es war Freitag und wie so oft, hatte sie sich am Zaun des Bahnhofsanlage verabredet. Die Zeit verstrich und keine Lotte war zu sehen. Kolja hatte sie sogar damit geneckt, weil sie jedes Mal so pünktlich beim Treffpunkt eintraf. So typisch deutsch hatte er ihr versucht klarzumachen. Und sie hatte lächelnd verstanden. Nach einer halben Stunde wurde er unruhig. Ihr wird doch nichts passiert sein, dachte er. Sicher ist sie nur von jemanden aufgehalten worden, beruhigte er sich. Da, endlich sah er sie von Weitem kommen. Als sie langsam näher kam, schrak er zusammen. Er sah in ihr Gesicht, das blass und verweint war. Sie zitterte am ganzen Körper und als er sie in die Arme nahm, fühlte er wie sie zitterte.
Sie schluchzte und bekam kein Wort heraus.
Wie so oft auf ihrem Weg zu Kolja, hatte Lotte eine Abkürzung durch eine abgelegene Straße gewählt. Aus dem Eingang einer Ruine war ihr ein stark angetrunkener Soldat entgegengetreten und hatte versucht, sie in die Ruine zu ziehen. Sie hatte sich so heftig gewehrt, dass ihr Angreifer ins Strauchern geriet und rückwärts über Mauerreste zu Boden stürzte. Ohne sich noch einmal umzuschauen, rannte sie die Straße hinunter.

Als sie sich etwas beruhigt hatte, bemerkte Kolja, dass die oberen Knöpfe ihrer Bluse offen standen und einer der Knöpfe herausgerissen war. Ihm schoss das Blut in den Kopf und seine Frage, die er heftig herausstieß war „Wer war das?" Sie hatte die Frage, obwohl sie in russisch hervorgebracht worden war, verstanden. Dann versuchte Kolja herauszufinden, ob man sie vergewaltigt habe. Sie verstand seine Fragen, die er mit Gesten unterstrich, und schüttelte den Kopf. Das beruhigte ihn etwas. Er wiederholte seine Frage wer es gewesen war. Lotte jedoch sagte nur „Ein Kamerad von Dir." Mehr wollte sie nicht sagen. Sie liefen schweigend entlang des Zaunes bis zu dem Punkt, wo sie sich immer verabschiedeten. Liebevoll nahm er sie in die Armee, küsste sie und tupfte die erneut hervorschießenden Tränen mit seinem Taschentuch fort. Sie hielten sich noch minutenlang umschlungen. Dann drehte sich Lotte abrupt um und ging in Richtung ihrer Wohnung. Es war also ein Russe, so wie er, dachte Kolja. Würde die Vertrautheit je wieder so sein wie vorher? Läge ab heute ein Schatten über ihrem Glück? Kolja stand noch längere Zeit da und in seinen Kopf breitete sich die Frage, wer es von seinen Kameraden, immer stärker aus. Musste er nun allen misstrauen? War es vielleicht jemand aus seiner kleinen, zusammengewachsenen Gruppe? Würde er es je herausfinden? Er war wütend. Knirschend malten seine Zähne aufeinander.
Erst jetzt kam ihm zum Bewusstsein, dass es gut war, nicht zu wissen wer es gewesen war. In seinem erregten Zustand hätte es ganz leicht zu einer Katastrophe

kommen können. Langsam, tief durchatmend zwang er sich zur Ruhe und lief mit schleppenden Schritten zu seiner Unterkunft. Pawel, der ihm entgegenkam, sah in sein Gesicht seines Freundes, und vermied Kolja anzusprechen. Es dauerte Tage, ehe er Pawel andeutungsweise etwas über das Geschehene anvertrauen konnte. Pawel versuchte ihn so gut es ging zu trösten und war überzeugt, dass dadurch Lottes Liebe zu Kolja nicht zerstört würde.

Kolja und Lotte trafen sich danach noch oft. Keiner von beiden berührte das Thema erneut. Die Angst, dass ihre Liebe dadurch einen ernsten Schaden genommen haben könnte, bewahrheitete sich zum Glück nicht. Doch ein wenig war die unbeschwerte Heiterkeit nun nicht mehr so wie vorher.

Eines Morgens nach dem Appell rief Kommandant Wladislaw Woronin einige der Soldaten zu sich. Im Dienstzimmer zog er einen Briefbogen aus dem Schubfach des Schreibtisches und teilte den Wartenden mit, dass sie in einer Woche die Heimfahrt antreten müssten. Kolja fuhr der Schreck in die Glieder, während sein Schulfreund Serioscha aufatmend und mit strahlendem Gesicht flüsterte: »Endlich!« Als Kolja draußen auf Pawel traf, sah dieser sofort an Koljas finsterer Miene, dass ihm die Mitteilung des Kommandanten gehörig die Laune verdorben hatte.

»Wann?«, fragte er nur.

»Nächste Woche schon«, brummte Kolja.

Am folgenden Tag trafen sich Kolja und Lotte wie so oft in der Nähe des Küchengebäudes. Lotte trug wieder das leichte geblümte Sommerkleid und hatte sich einen kleinen, blauen Strohhut keck und etwas schräg aufgesetzt. Sie strahlte, als sie Kolja kommen sah. Doch als sie seine ernste Miene bemerkte, verflog ihre Fröhlichkeit mit einem Schlag. Wortlos nahm er sie bei der Hand und zog sie hinter sich her bis hinter den großen Schuppen, der ein Stück vom Küchengebäude entfernt stand. »Ich muss nächste Woche nach Russland zurück.«

Sie verstand nur das Wort Russland und seine Geste in Richtung Osten. Er nahm sie in seine Arme und fühlte, wie sie zitterte.

»Wann fährst du?«

Er ließ sie los und zeigte sieben Finger. Sie verstand sofort. Ohne Rücksicht auf ihr schönes Sommerkleid zog sie ihn zu einem Stapel verwitterter Bahnschwellen und setzte sich darauf. Kolja setzte sich neben sie. Er griff in seine Uniformbluse, zog Pawels Zettel hervor und gab ihn Lotte. Sie nahm ihn etwas zögernd. Schon seit einer Weile hatte sie geahnt, dass der Tag der Trennung nicht mehr weit entfernt sein würde. So hatte sie ein noch nicht sehr altes Foto von sich gefunden, auf dessen Rückseite sie ihre genaue Adresse sorgfältig und gut lesbar mit Bleistift aufgeschrieben hatte. Das Bild trug sie stets mit sich in ihrer Handtasche. Jetzt reichte sie es Kolja mit den Worten: »Bitte nimm es als Andenken mit.«

Kolja nahm es ihr vorsichtig aus der Hand, betrachtete ihr gut getroffenes Gesicht, seufzte tief und vernehmlich, drehte es um und besah sich noch die fremde Schrift auf der Rückseite. Langsam und darauf bedacht, es nicht zu knicken, steckte er es ein.

Sie standen auf und liefen wortlos, jeder in Gedanken verloren, durch das riesige Bahngelände. Sie hatten kaum auf die Umgebung geachtet und standen plötzlich vor ›ihrem‹ Waggon. Als er hineinzeigte, schüttelte sie den Kopf. Er nickte verstehend, legte seinen Arm um ihre Schulter, und sie schlugen den Weg zurück zum Küchengebäude ein. Bevor sie dort ankamen, hielten sie inne, umarmten sich und küssten sich leidenschaftlich. Ihnen war zum Bewusstsein gekommen, dass ihr kurzes Glück nun zu Ende ging.

Die Zeit bis zur Abreise verflog nach ihren Gefühlen viel zu rasch. Sie sahen sich nur noch drei Mal, da Kolja mehrmals zu Arbeitseinsätzen abberufen wurde. Am Tag seiner Abreise hatte Lotte Frühdienst in der Küche. Als die Armeelastwagen vor der Unterkunft hielten, rannte sie aus dem Gebäude. Der Küchenchef bemerkte es, verzog sein Gesicht, nickte verständnisvoll und rief Lotte nicht zurück. Ein lautes Kommando holte die Heimkehrer aus den Unterkünften. Sie stellten sich in Reih und Glied auf. Kolja hatte Lotte bemerkt und zuckte hilflos mit den Schultern, als ob er sagen wollte: »Tut mir leid, ich kann es nicht ändern.«

Der Kommandant richtete eine kurze Ansprache an die Soldaten und gab dann den Befehl zum Aufsitzen. Nun hielt es Lotte nicht mehr am Platz. Sie rannte zu ihm. Sie umarmten sich ein letztes Mal, und sie fühlte, wie ihre Augen nass wurden. Kurz bevor die Lastwagen auf das Gelände gefahren waren, hatte sich am Himmel ein Gewitter zusammengebraut. Die ersten Windböen zerrten an ihrem Sommerkleid.

Dann brach der Regen aus den Wolken hervor, und der Donner ließ alle Worte im Lärm untergehen. Während seine Kameraden fluchend und eilig auf die Lastwagen kletterten, standen Lotte und Kolja eng umschlungen im strömenden Regen. Sie sahen einander an, und beide dachten an den Tag, an dem ein Gewitter sie veranlasst hatte, im Waggon Zuflucht zu suchen.

Alles Festhalten nutzte nichts, als ein scharfes Kommando auch die letzten Kameraden aufforderte, die Wagen zu besteigen. Noch ein langer, langer Kuss, und dann mussten sie ihre Umarmung lösen.

Kolja kletterte auf den Wagen, die Ladeklappe wurde geschlossen, die Motoren begannen zu dröhnen, und Dieselqualm hüllte die Wagen in beißende Schwaden ein. Lotte lief noch ein Stück nebenher, und als sie plötzlich eine Mundharmonika hörte, wusste sie, es war Kolja, der für sie die Abschiedsmelodie spielte. Erneut schossen ihr die Tränen in die Augen. Am Tor musste sie stehen bleiben, da die Wagen jetzt mit größerer Geschwindigkeit auf die Straße fuhren und im Dunst des Regens verschwanden.

Peter

Erst jetzt bemerkte sie, dass sie mitten in einer Pfütze stand und das Wasser durch die offenen Seiten in die Sommersandalen eingedrungen war. Sie machte einen langen Schritt, um auf eine trockenere Stelle zu gelangen. Als sie das Gelände in Gedanken versunken verließ, erblickte sie eine junge Frau, die draußen vor dem Tor auf der Straße stand und weinte. Lotte sah, dass sie einen kleinen Strauß in der Hand hielt. Einen Moment zögerte Lotte, dann trat sie auf sie zu: »Verzeihung, wollten Sie auch jemanden verabschieden?«

Die Angesprochene schrak zusammen, und ein kleiner Weinkrampf schüttelte ihren Körper. Sie sah Lotte an und nickte. »Sie auch?« »Ja«, antwortete Lotte. Sie standen beide im Regen, ohne ihn richtig wahrzunehmen. Die braunen Augen der Frau füllten sich erneut mit Tränen, und sie schluchzte: »Ich habe ihn verpasst!«

Nach einigen Minuten, in denen sie schweigend in die Richtung sahen, wo die Lastwagen verschwunden waren, fasste sich Lotte ein Herz und fragte: »Wollen Sie mit mir mitkommen? Ich muss jetzt zurück zur Küchenarbeit. Dort ist es warm und trocken, und einen heißen Tee kann ich Ihnen auch besorgen.«

»Gut«, antwortete die Frau, »ich wüsste im Augenblick auch nicht, was ich sonst machen sollte.«

Sie betraten den Küchentrakt, wo der Küchenchef bereits ungeduldig auf Lotte wartete. »Dawai«, rief er und zeigte auf ihren Arbeitsplatz. Ehe Lotte ihre Arbeit aufnahm, gelang es ihr mit Gesten und viel Mimik, ihren Chef dazu zu bringen, der jungen Frau einen Platz im Vorraum anzubieten und ihr sogar eine Tasse Tee zu spendieren. »Es dauert nicht mehr lange, dann können wir uns unterhalten«, rief sie der Frau noch zu, ehe sie in der Küche verschwand.

Nachdem die Frühschicht beendet war, eilte Lotte in den Vorraum, wo ihre Leidensgefährtin bereits bei der vierten Tasse Tee und, wie Lotte erstaunt feststellte, mit einer dicken Weißbrotscheibe in der Hand auf sie wartete. »Sie haben anscheinend einen Stein im Brett beim Küchenchef«, bemerkte sie, auf das Brot zeigend. Die junge Frau, die sich als Helga Keller vorgestellt hatte, schlug vor, zu ihr in die Wohnung zu gehen. »Es ist nicht weit«, ergänzte sie ihr Angebot, »ich wohne im Mildenberger Weg, nicht weit entfernt von der Georgkirche.«

Draußen stellten sie fest, dass sich das Gewitter verzogen hatte. Nur der Wind wehte immer noch kräftig. Ihre Kleidung war in der Zwischenzeit so gut wie trocken, und so hatten sie keine Bedenken, sich eine Erkältung zu holen.

Helga Keller bat Lotte in die Küche, die geräumig und mit einem Essplatz praktisch eingerichtet war. Es war etwas dunkel im Raum, und Lotte dachte, es läge an der einsetzenden Dämmerung. Doch dann sah sie, dass nur eine Hälfte des Fensters Glas hatte und der andere Teil mit Pappe vernagelt war.

„Darf ich Ihnen jetzt auch eine Tasse Tee anbieten?« „Ja, gerne", erwiderte Lotte.

Sie unterhielten sich noch eine Weile, dann drängte Lotte zum Aufbruch, da sie am nächsten Tag wieder Frühdienst hatte. Ehe sie sich verabschiedeten, verabredeten sie, sich ab und zu zu sehen, um Neuigkeiten über ihre russischen Freunde auszutauschen.

Einige Zeit später trat das ein, wovor sich Lotte insgeheim gefürchtet hatte. Die Anzeichen einer Schwangerschaft waren nun so deutlich, dass ein Irrtum ausgeschlossen war. Die Brüste spannten, morgendliche Übelkeit stellte sich ein, und sie war oft auch tagsüber müde und launisch. Sie hatte vorher an diese Möglichkeit gedacht, aber sich keine großen Gedanken über die Folgen gemacht. Nun überkam sie doch ein Gefühl der Panik. Was sollte sie sagen, wenn sie nach dem Vater gefragt würde? Konnte sie es wagen, die Wahrheit zu sagen? Wie würden ihre Bekannten und Freunde reagieren oder erst die Hausbewohner? Sie hörte bereits das Gemurmel hinter vorgehaltener Hand: »Was für ein schamloses Russenflittchen« und ähnliche Schmähungen. Was würden ihre Eltern gesagt haben, wenn sie es ihnen erzählt hätte? Da sie jedoch bei einem schweren Luftangriff der Engländer auf Hamburg ums Leben gekommen waren, war es müßig, sich diese Frage zu stellen. Ihre Eltern hatte nur einen kurzen Besuch bei ihrem Onkel machen wollen. Ihr Pech war, dass die Alliierten gerade in diesen Tagen Hamburg als Ziel der Vergeltung ausgewählt hatten.

Lotte grübelte und dachte sich immer neue Versionen über den Vater ihres ungeborenen Kindes aus. Um die Wahrheit zu sagen, fehlte ihr der Mut. So beschloss sie, eine ihrer ausgedachten Geschichten zu erzählen, falls man sie fragen würde. Von einem jungen Soldaten würde sie berichten, der aufgrund seiner Verwundung nicht mehr an die Front musste. Sie hätte ihn nach dem Zusammenbruch zufällig beim Besuch ihrer Bekannten im Nachbarbezirk Prenzlauer Berg kennengelernt. Bald darauf wäre mehr als Freundschaft daraus geworden. Nachdem nun der Krieg vorbei war, wollte er so schnell wie möglich zurück nach Freiburg zu seinen Eltern und den Geschwistern. Kurz vor der Abfahrt hätte er kleinlaut eingeräumt, dass seine Verlobte auf ihn wartete. Darauf hin hätte sie sich enttäuscht von ihm getrennt, um seinem Glück nicht im Wege zu stehen.

Ja, so würde sie ihre Geschichte den Leuten erzählen.

Pawel hatte Lotte angedeutet, dass auch er bald zurück in die Heimat fahren werde. Diese Mitteilung hatte Lotte dazu veranlasst, zweimal einen Brief von ihm übersetzen zu lassen, und ihn gebeten, diesen einen heimkehrenden Kameraden mitzugeben. Dieser sollte dann ihre Briefe persönlich Kolja überbringen. Der Postweg kam ihr in dieser Zeit nicht zuverlässig vor. Wer weiß, ob deutsche Briefe überhaupt befördert werden, dachte sie.

Die Monate kamen und gingen, und ganz allmählich begann das Leben sich zu normalisieren. Trümmerfrauen trugen die Hauptlast bei der Beseitigung der gigantischen Schuttberge. Sie mussten die noch brauchbaren Ziegel vom Mörtel befreien und am Straßenrand aufstapeln. In vielen Straßen waren Gleise verlegt worden, und kleine Lokomotiven zogen die von den Frauen mit Schutt beladenen Loren zu größeren Verladestellen. Wenn es keine Loks gab, waren es die Frauen selbst, die die schweren Loren mühsam mit den Händen zum Ausladepunkt schoben und entluden.

Lotte hatte ihre Stelle in der russischen Küche verloren, da der gesamte Standort aufgelöst worden war. Pawel war schon Anfang Juli in die Heimat gefahren und hatte ihr als Abschiedsgeschenk sein Deutsch-Russisches Wörterbuch hinterlassen.

Die Hausbewohner hatten kaum Fragen gestellt, als sie bemerkten, dass Lotte in anderen Umständen war. Vielleicht hatten sie Lotte zufällig mit Kolja gesehen. Offenbar wollten sie die junge Frau nicht in Verlegenheit bringen.

Die Lebensmittelkarten garantierten ihr, dass sie nicht verhungerte, mehr aber auch nicht. Da sie spürte, dass sie aufgrund ihrer Schwangerschaft nun mehr Nahrung benötigte, suchte sie eine Stelle, um auf dem Schwarzmarkt ihre Lebensmittelversorgung aufzubessern. In einer Schneiderei, die Jacken und Hosen aus umgefärbtem Militärtuch herstellte, fand sie für die nächsten Monate Arbeit.

Der Winter war besonders hart, und Lottes tägliche Sorge galt dem Brennmaterial für die Ofenheizung. Die Kohlenzuteilung war mehr als mager, so dass sie dankbar war, wenn der rüstige Rentner aus ihrem Haus sie ab und an mit Holz versorgte. Er hatte vor einiger Zeit herausgefunden, dass in den teilweise noch stehen gebliebenen Ruinen ungeahnte Vorräte steckten. Besonders das Eichenstabparkett, jahrzehntelang mit Bohnerwachs getränkt, brannte hervorragend. Später, als die Quelle versiegte, griffen er und andere Holzsucher zur Säge und entfernten erst die Treppengeländer, dann ging es den Holzstufen an den Kragen.

Mühsam schleppte Lotte sich am 19. Februar bis zum Krankenhaus Friedrichshain, und bereits am folgenden Morgen gegen fünf Uhr war sie Mutter eines kräftigen Knaben. Erstaunlich schnell war Lotte wieder auf den Beinen, galt es doch jetzt, stark zu sein und der zusätzlichen Verantwortung gerecht zu werden.

In der Geburtsurkunde ihres Sohnes ließ sie den Rufnamen Peter eintragen und als zweiten Vornamen Bruno. Unter der Rubrik »Vater« stand »unbekannt«. Das Stirnrunzeln des Beamten übersah sie geflissentlich. Die Urkunde wurde mit einem Stempel aus der untergegangenen Epoche besiegelt; das Hakenkreuz hatte man aus dem Kranz unter dem Adler herausgeschnitten.

In diesen Zeiten ein Baby gut zu versorgen war immens schwer. Milch war oft nicht zu bekommen, und fertige Babynahrung war bereits in den letzten Kriegsjahren Mangelware gewesen. Mit viel Fantasie und Organisationstalent gelang es Lotte, die notwendigen Lebensmittel zu beschaffen. Woche um Woche, dann Monat für Monat hatte sie vergeblich auf eine Antwort auf ihre Briefe gewartet, die sie Kameraden von Kolja nach Russland mitgegeben hatte. Sie war sich sicher, dass Pawel die Briefe übersetzen würde. Der tägliche Existenzkampf nahm sie so in Anspruch, dass sie schließlich immer seltener darauf hoffte.

Im Juli 1946 wurde sie eines Abends durch das laute schnarrende Geräusch der Türklingel aufgeschreckt. So selten kam Besuch, dass der kleine Peter bei diesem durch Mark und Bein gehenden Ton sofort anfing zu weinen. Sie nahm das Baby auf den Arm und öffnete die Tür. Im Licht der trüben Flurbeleuchtung sah sie anfangs nur einen Mann in einer russischen Uniform. Ihr erster Gedanke war: Kolja ist gekommen!, und sofort schlug ihr Herz schneller. Ihre Enttäuschung war groß, als sie erkannte, dass es nicht Kolja, sondern ein Offizier war, der in einem harten, aber gut verständlichen Deutsch fragte: »Sind Sie Lotte Borchert?«

»Ja«, antwortete sie. »Kommen Sie bitte herein.« Sie hatte Schritte im Treppenhaus gehört und wollte vermeiden, mit dem Soldaten gesehen zu werden.

»Mein Name ist Igor Babuschkin. Ich habe für Sie einen Brief von Nikolai Markow.« Er übergab ihr ein Kuvert ohne Marke und ohne Stempel. »Ein Kamerad hat ihn von Nikolai Markow erhalten und mit nach Berlin gebracht. Wenn Sie eine Antwort für Nikolai schreiben möchten, kann ich sie sofort übersetzen und mitnehmen.«

»Zuerst möchte ich den Brief lesen«, antwortete Lotte und bat Igor Babuschkin, Platz zu nehmen. »Darf ich Ihnen eine Tasse Tee machen?«

»Danke, gerne.«

Während das Wasser im Teekessel heiß wurde, überflog Lotte die wenigen Zeilen des Briefes. Kolja schrieb, er habe bisher nur einen Brief erhalten und wollte wissen, wie es ihr ginge. Er denke an die schöne, aber leider viel zu kurze Zeit ihrer Bekanntschaft. Er habe wieder Arbeit in seinem Betrieb erhalten, seine Eltern seien gesund, und auch in Russland beginne man die verheerenden Folgen des Krieges zu beseitigen. Er würde sie gerne wiedersehen, aber das sei in dieser Zeit wohl kaum möglich. Sein letzter Satz lautete: »Ich umarme und küsse Dich, Kolja.«

Die etwas ungelenke deutsche Schrift kam ihr irgendwie bekannt vor, und sie war sich sicher, dass Pawel Koljas Brief übersetzt hatte.

Der Tee war fertig, Igor schlürfte ihn behaglich und wartete auf Lottes Reaktion auf den Brief. Während sie den Tee zubereitet hatte, ging ihr die Frage durch den Kopf: Soll ich Kolja schreiben, dass er einen Sohn hat? Würde er sich deshalb Gewissensbisse machen? Kurz entschlossen entschied sie, es ihm mitzuteilen. Als Lotte Papier und Bleistift hervorgeholt hatte und anfangen wollte zu schreiben, sagte ihr Besucher: »Sagen Sie, was Sie schreiben wollen, ich übersetze es gleich.« Sie gab ihm das Blatt Papier und den Bleistift und diktierte: »Lieber Kolja, mir geht es gut. Ich habe mich über Deinen Brief sehr gefreut. Unsere gemeinsame Zeit habe ich nicht vergessen, nicht vergessen können. Auf meinem Schoß halte ich, während ich den Brief schreiben lasse, Deinen Sohn. Ja, Kolja, ich habe ein Kind von Dir. Wir haben ein Kind. Er heißt Peter und wurde am 20. Februar 1946 geboren. Peter ist gesund und gibt mir in dieser nicht gerade leichten Zeit Halt und Glück. Ich hoffe sehr, dass Du Dich über diese Nachricht freust. Ich umarme Dich, Lotte.«

Als Babuschkin den Satz mit Koljas Sohn übersetzte, blickte er kurz auf das Kind, lächelte Lotte an, nickte und schrieb dann weiter. Peter hatte die ganze Zeit mit großen Augen den fremden Mann angesehen. Nun wurde es ihm langweilig, und er begann zu weinen.

»Noch eine Tasse Tee?« fragte Lotte.
»Ja, bitte, ich habe nicht viel Gelegenheit, privat mit Deutschen zu reden. Geben Sie mir den Kleinen, ich halte ihn so lange«, ergänzte er. Etwas zögernd gab sie das Kind in seine Arme. Peter zappelte ein wenig, und dann geschah etwas Unvorhergesehenes. Igor begann leise und mit weicher Stimme ein Lied zu singen. Sicherlich ein Kinderlied, ging es Lotte durch den Kopf. Mit Erstaunen sah sie, wie Peter aufhörte zu zappeln, und dann versiegte auch sein Weinen. Mit der freien Hand nahm Igor ihr die Tasse Tee ab und sagte: »Ich habe zwei Kinder, einen Sohn und eine Tochter.«

Sie unterhielten sich noch einige Zeit. Nachdem er den Tee ausgetrunken hatte, dankte er ihr für das Gespräch, steckte den gefalteten Brief ein und setzte die Mütze auf. »Ich wünschte, Ihr Kolja könnte Sie und seinen Sohn eines Tages sehen.« Die Tür fiel ins Schloss, und Lotte hörte seine Schritte die Stufen hinuntertappen.

Mit einem leichten Seufzer ging sie ins Zimmer zurück und begann das Geschirr in die Küche zu tragen.

Wieder zu Hause

Kolja hielt diesen Brief gut drei Wochen später in den Händen. Seinen Eltern berichtete er stolz von Lotte, zögerte aber jetzt doch, ihnen zu sagen, dass er einen Sohn in Deutschland hatte. So beließ er es dabei. Seinem Vater Nikita und seiner Mutter Lidia las er nur vor, dass es Lotte gut ginge und so weiter. Nachdem er den Brief wieder eingesteckt hatte, hörte Kolja seine Mutter sagen: »Wenn du – Gott möge es richten, dass es bald sein wird – eines Tages heiraten wirst, so denke ich, werden wir deinem Frauchen nichts von deiner deutschen Freundin erzählen. Was meinst du, Nikita?«

Nikita wiegte nachdenklich seinen Kopf von einer Seite zur anderen und stimmte, wortkarg wie immer zu, indem er brummte: »So soll es sein.«

Und seine Eltern tilgten den Namen Lotte für immer aus ihren Köpfen.

Die Mitteilung hatte Kolja stark aufgewühlt. Er verließ rasch das Haus und lief die Straße hinab zum Dorfende und immer weiter, bis er das Ufer des kleinen Baches erreichte. Dorthin zog es ihn immer, wenn er mit seinen Gedanken alleine sein wollte. Ich habe einen Sohn, ich bin Vater. Diese Worte kreisten in seinem Kopf. Wie er wohl aussieht? Wie gerne würde ich ihn jetzt sehen. Sicher hat er unsere blauen Augen, und blond wird er auch sein. Da war er sich ganz sicher. Sein Kamerad hatte den Namen wörtlich übersetzt, aber in einer Klammer dahinter eingefügt »Pjotr«.

»Petruscha!«, murmelte Kolja leise. Würde es Lotte gelingen, seinen Sohn großzuziehen, ohne dass er Nachteile wegen seines Vaters erleiden musste? Hatte sie bei der Geburt gesagt, dass sein Vater ein russischer Soldat war, oder es aus verständlichen Gründen verschwiegen? Wie gerne möchte ich die beiden jetzt sehen!, dachte er. Doch die politischen Folgen des Krieges waren noch so dramatisch frisch, dass an eine Reise nach Deutschland wohl noch jahrelang nicht zu denken sein würde. Plötzlich schoss ein Gedanke durch seinen Kopf. War es wirklich sein Sohn? Hatte Lotte ihm die Wahrheit gesagt, als sie eine Vergewaltigung durch den Kameraden verneinte? Nur sekundenlang beunruhigte ihn diese Frage. Nein, sie würde ihn nicht angelogen haben, nie und immer. Da war er sich absolut sicher.

Nachdem er wieder zum Haus zurückgekehrt war, suchte Kolja so lange in seinen Sachen, bis er Lottes Foto fand. Er ging vor die Tür und setzte sich auf die Holzbank, die an der Hauswand stand. Lange betrachtete er das Bild, bis die Dämmerung die Konturen verschwimmen ließ. Ja, dachte er, ich muss Lotte unbedingt antworten und ihr sagen, dass ich stolz auf unseren Sohn bin. Ich werde ihr auch sagen, dass ich hoffe, sie eines Tages besuchen zu können.

Mit diesen Gedanken lief er zurück ins Haus, holte seine Mundharmonika, auf der er lange Zeit nicht gespielt hatte, setzte sich im Dunkeln vor die Tür und spielte ein, zwei Lieder, die er auch Lotte vorgespielt hatte. Verwundert lauschten seine Eltern diesem Nachtkonzert.

Nach einigen Tagen fuhr er zu Pawel, seinem Übersetzer in Moskau. Die Freude war groß, und es war gut, dass es ein Wochenende war, an dem sie sich trafen. Den Rausch des Wodkas, der bei jedem Treffen reichlich floss, konnten sie nun bis zum Montag ausschlafen.

Pawel hatte versprochen, den Brief einem Freund mitzugeben, der als höherer Offizier einmal im Vierteljahr nach Berlin fahren musste. Er berichtete, dass Nikita, der Bär, in der Nähe von Moskau wohne und ihn ab und zu besuchen käme. Über Ilja Petrenko, den älteren Kameraden, hatte er nichts Neues mehr erfahren. Vermutlich war er bei den schweren Kämpfen an der Oder gefallen. Pawel erkundigte sich nach Serioscha, den Schulfreund von Kolja, denn er erinnerte sich, dass sie sich vor der großen Schlacht an der Oder aus den Augen verloren hatten. Kolja erzählte darauf, dass er ihn nach seiner Heimkehr gesund und munter im Nachbardorf wiedergesehen hatte.

Beim Auseinandergehen beschlossen sie, sich hin und wieder zu treffen, solange es die Gesundheit erlaubte, um sich an ihre gemeinsame Zeit im Krieg zu erinnern. Nikita würden sie dazu stets mit einladen.

Das Jahr verging, und Koljas Hoffnung auf einen Brief von Lotte schwand. So vergingen auch die nächsten Jahre mit dem vergeblichen Warten auf eine Antwort. Vielleicht hat sie meinen Brief nicht erhalten, dachte er oft. Sein Nachfragen bei Pawel brachte ebenfalls keine Klärung, da der Offizier, der den Brief hatte überbringen sollen, nicht nach Berlin gefahren war. Er hatte das Schreiben einem Kameraden übergeben, um es Lotte zu bringen.

Hier verlor sich die Spur, weil der letzte Überbringer bei einem Manöver tödlich verunglückt war. So war Kolja sich noch nicht einmal sicher, ob Lotte den Brief erhalten hatte. Kolja und Pawel fanden keinen Kameraden mehr, der einen Brief nach Berlin hätte bringen können. Den Postweg zu benutzen, kam ihnen nicht sehr Erfolg versprechend vor, so dass Kolja schweren Herzens den Gedanken aufgab, Lotte einen Brief zu senden. Vielleicht ergibt sich später einmal eine Gelegenheit, dachte Kolja, um sich selbst ein wenig zu beruhigen.

Das tägliche Leben brachte ihn alsbald wieder auf andere Gedanken. Man schrieb das Jahr 1949, und Kolja fand Gefallen an einer Arbeitskollegin aus seinem Betrieb. Sie stammte aus Dubasowo, dem kleinen Dorf, das nicht weit von Larinskaja entfernt war. Elena arbeitete in der Lohnabrechnungsstelle, war zwei Jahre jünger als Kolja und ähnelte mit ihren blonden Haaren und den blauen Augen seiner deutschen Liebe Lotte.

Vielleicht war das der Grund, dass sie ihm bei einem Betriebsfest im Mai aufgefallen war. Es dauerte nicht lange, und seine Arbeitskollegen schlossen Wetten ab, wann die beiden heiraten würden. Koljas Eltern waren froh, dass ihr Sohn mit seinen fünfundzwanzig Jahren endlich eine Familie gründen würde.

Die Hochzeit wurde mit einigen Kollegen – und selbstverständlich mit den alten Kameraden Pawel und Nikita dem Bären – im Herbst desselben Jahres drei Tage lang gefeiert. Im darauf folgenden Juni war Kolja stolzer Vater eines Sohnes, der den Namen Michael bekam. Ein Mädchen, das den Namen Maria erhielt, verdoppelte Koljas Vaterfreude bereits ein Jahr danach.

Langsam wurde es zu eng im gemütlichen Elternhaus. So beschlossen Kolja und sein Vater, das Haus zur Gartenseite hin durch einen Anbau mit zwei Räumen zu erweitern. Hier bewährte sich wieder einmal die alte Kameradschaft. Der Bär Nikita und die Maus Pawel fassten kräftig mit an, und ehe der Winter Einzug hielt, wurden die beiden Räume gebührend eingeweiht.

Lena war eine begnadete Köchin und verwöhnte ihre Gäste mit Heringssakuska, Piroschki, gefüllten Paprikaschoten, roten Rüben mit Sauerrahm und Dill, leckerem Borschtsch, Blini, eingelegten Gurken und Quarkkäsepfannkuchen. Wodka und ein süßer, schwerer Wein aus Georgien ließen die Stimmung steigen. Spät in der Nacht rundeten starker Tee aus dem Samowar und Kuchen das Fest ab. Ehe man sich satt und etwas beschwipst in den Zimmern verteilte, um sich zur Ruhe zu begeben, brachte Pawel die Gesellschaft zum Lachen: »Wann gedenkt ihr noch ein paar Räume anzubauen?« Es war ihnen klar, dass es ihm dabei nicht um die Hilfe bei der Arbeit ging, sondern um das anschließende Festmahl.

Jahre später war Michael den Komsomolzen beigetreten, einer stark von der kommunistischen Partei beeinflussten Jugendorganisation. Mischa war ein begeisterter Komsomolze, wenn es darum ging, Ausflüge zu unternehmen oder an sogenannten freiwilligen Arbeitseinsätzen in der Landwirtschaft teilzunehmen. Im obligatorischen Politunterricht jedoch ließ er es, zum Kummer der Lehrer, an Eifer mangeln. Mischa waren die vorgetragenen Theorien und Propagandaschlagworte zu trocken, zu abstrakt, und sie deckten sich nicht mit den Erfahrungen, die er bereits in seinen jungen Jahren gemacht hatte.

Koljas Tochter Maria, Mascha genannt, hatte sich hingegen allen Anwerbungen der Pionier- und Komsomolzenwerber verweigert. Dies musste sie nun mit der offenen Verachtung einiger Lehrer und selbst einiger Schulkameradinnen büßen. Doch sie blieb tapfer bei ihrer Meinung und ertrug manche Demütigung mit heimlich vergossenen Tränen.

Nach seinem Schulabschluss begann Mischa, Elektrotechnik in Moskau zu studieren, während Mascha den Beruf einer medizinisch-technischen Assistentin im Gesundheitswesen anstrebte. Doch bereits in der Zeit der praktischen Ausbildung lernte sie Ilja Starow kennen. Ilja hatte einen gut bezahlten Posten bei der Eisenbahn. Es dauerte kaum drei Monate, ehe sie heirateten und Mascha nach Moskau zu ihrem Ilja zog. Sie setzte ihre Ausbildung fort, bis sich Nachwuchs ankündigte. 1970 erblickte ihre Tochter Nina das Licht der Welt.

Nikitas Frau Lidia machte sich seit längerer Zeit Sorgen wegen seines Gesundheitszustandes. Die Folgen eines Arbeitsunfalls, bei dem sich ihr Mann durch gebrochene Rippen beide Lungenflügel verletzt hatte, machten sich immer häufiger und stärker bemerkbar. Die verminderte Leistungsfähigkeit der Lunge machte ihm besonders bei schwülem Wetter zu schaffen. An solchen Tagen konnte Nikita keiner körperlich anstrengenden Tätigkeit nachgehen und war froh, überhaupt atmen zu können. So war es nicht verwunderlich, dass sich im Herbst eine starke Erkältung zur Lungenentzündung auswuchs. Sein Körper war bereits so geschwächt, dass alle ärztlichen Bemühungen vergeblich waren. Koljas Vater starb, ehe seine geliebte Urenkelin das erste Lebensjahr vollendet hatte. Lidia ertrug den Kummer tapfer, doch jeder in der Familie bemerkte, wie ihre Lebenskraft nach dem Tod ihres Mannes stetig nachließ. Solange es ihre Kräfte zuließen, kümmerte sie sich hingebungsvoll um Urenkelin Nina, die wiederum nichts Schöneres kannte, als zur Uroma Lidia zu fahren, um von ihr verwöhnt zu werden.

Für Nina brach eine Welt zusammen, als Lidia eines Tages nicht mehr am Gartenzaun stand, um sie mit offenen Armen zu empfangen. Ihre Eltern versuchten der Dreizehnjährigen so schonend wie möglich beizubringen, dass Lidia zu ihrem Mann heimgegangen sei. Auch Enkelin Mascha trauerte ihrer Oma sehr lange nach. Sie dachte oft an die Stunden am Abend, wenn sie mit ihr vor dem Haus gesessen und Lidia ihr wunderschöne Märchen und Geschichten erzählt hatte. Sie hatte nie genug davon hören können und Oma Lidia hatte ihr so oft von der Hexe Baba Jaga, Wasillisa und dem Feuervogel oder Iwan und dem Wolf erzählt, bis Mascha die Texte auswendig kannte.

Als Nina fünfzehn Jahre alt geworden war, fragte sie eines Tages: »Opa Kolja, du warst doch im Großen Vaterländischen Krieg, erzähl mir bitte, was du erlebt hast!« Auf den warnenden Blick seiner Frau hin überlegte Kolja schnell und angestrengt, welche Ereignisse erzählenswert waren, ohne die Gefühle eines jungen Mädchens zu schockieren. So suchte er nach Begebenheiten, bei denen es lustig zugegangen war, oder nach Eroberungen und kleinen Heldentaten der Kampfgefährten, die glorreich geschildert werden konnten. Er erwähnte mit keinem Wort die grausamen Einzelheiten der Kämpfe, denen viele seiner Kameraden zum Opfer gefallen waren. Ab und zu unterbrach Nina seine Rede und erzählte, dass die Lehrer in der Schule die Kämpfe und Siege fast genauso schilderten.

»Opa«, sagte Nina ein anderes Mal, »in den Schulbüchern steht, dass Russland viele, viele tausend Opfer im Krieg zu beklagen hatte. Hast du selber gesehen, wie Menschen gestorben sind?«

Kolja wand sich wie ein Aal auf dem Trockenen, und um nicht zu lügen, berichtete er von einigen Kameraden, die von Schüssen getroffen umfielen und ohne zu leiden sofort tot waren.

»Aber die anderen«, setzte Nina nach, »die ein Bein oder ein Auge verloren haben, die haben doch sicher große Schmerzen gehabt, oder nicht?«

Kolja musste nun gestehen, dass das den Tatsachen entsprach, ergänzte aber beschönigend, dass alle Verwundeten sofort von hervorragendem medizinischem Personal versorgt worden seien.«Warum willst du das alles so genau wissen?«

»Ach, weißt du, Opa, ich hätte es dir bereits am Anfang sagen sollen. Wir müssen einen Aufsatz schreiben, mit dem Titel ›Was mein Großvater im Großen Vaterländischen Krieg erlebt hat‹. Der Lehrer hat gesagt, es könnte auch vom Onkel oder einem anderen Familienmitglied erzählt werden.«

Kolja überlegte einige Minuten und sagte dann: »Ich denke, ich habe da eine Geschichte, die gut für deinen Klassenaufsatz geeignet ist.«

Nina holte Papier und Bleistift und setzte sich an den Küchentisch. Kolja begann zu erzählen, wie er den feindlichen Bunker außer Gefecht gesetzt und noch einen deutschen Offizier gefangen genommen hatte.

»Und dafür hast du dann die Auszeichnung bekommen?«, fragte Nina, die ganz aufgeregt und mit hochrotem Kopf alles in Stichworten mitgeschrieben hatte. Nur ab und zu hatte sie eine Zwischenfrage gestellt.

»Ja, dafür bekam ich die Medaille ›Für Verdienste im Kampf‹.«

»Und ich bekomme dafür eine gute Zensur«, freute sich Nina.

»Nun aber Schluss mit den alten Geschichten!« Oma Lena hatte ihre Arbeit im Garten beendet und die letzten Sätze noch mitgehört. »Ich brauche jetzt die Küche für mich, dafür mache ich euch einen ganzen Stapel leckerer Buchweizen-Blini.«

Tage später, vielleicht waren die alten Kriegsgeschichten daran schuld, kamen die Erinnerungen und Bilder aus jenen Tagen wieder, und Koljas Gedanken wanderten urplötzlich wieder zurück in die Zeit mit Lotte. Ob sie geheiratet hatte? Hatte sie ein zweites Kind bekommen? Wie alt war sein Sohn Peter jetzt? Kolja rechnete nach und schüttelte ungläubig den Kopf, als er feststellte, dass Peter bereits neununddreißig sein musste.

Vielleicht hatte er selbst auch schon eine Familie und ebenfalls Kinder. War das Leben von Lotte und Peter ähnlich wie sein eigenes verlaufen? Ein Wunsch wuchs in Kolja und wurde immer stärker: Er wollte noch einmal nach Deutschland fahren, ehe es zu spät war. Immerhin bin ich schon einundsechzig Jahre alt, dachte er und beschloss, diesen Wunsch recht bald in die Tat umzusetzen. Doch es sollten noch weitere Jahre vergehen.

Nachkriegstage

Berlin war durch die Siegermächte aufgeteilt. Die Sektoren, die den Amerikanern, den Franzosen, den Engländern und den Russen zugeteilt worden waren, entwickelten sich recht unterschiedlich. Im Ostsektor, wie man den russischen Teil von Berlin nannte, und in der restlichen Deutschen Demokratischen Republik verhinderte die kommunistische Planwirtschaft einen raschen Aufschwung der Wirtschaft. Zum Beispiel bemühte sich die Handelsorganisation HO oft vergebens, den Kunden die lebensnotwendigen Nahrungsmittel in ausreichender Menge und Qualität anbieten zu können. Manche Produkte waren so gefragt, dass sie nur als ›Bückware‹, das heißt von unter dem Ladentisch verkauft wurden. Besonders der wirtschaftliche Anfang war für die DDR nach dem Krieg ungleich schwerer als für Westdeutschland. Die komplett demontierten Fabriken mussten mühsam wieder mit Maschinen ausgestattet werden, um die geforderten Reparationsleistungen für Russland erbringen zu können.

In Westdeutschland hingegen sorgte der Marshallplan der USA durch Nahrungsmittel- und Rohstofflieferungen sowie durch Kredite dafür, dass die Wirtschaft sich schnell wieder erholen und das sogenannte Wirtschaftswunder entstehen konnte.

Eingeschlossen von der Deutschen Demokratischen Republik, war Berlin auf die finanzielle Unterstützung durch die Bundesrepublik angewiesen. Westberlin hatte die Blockade der Zufahrtswege,

Stromsperren und das Chruschtschow-Ultimatum überstanden. Nur die im August 1961 errichtete Mauer zerriss immer noch die gewachsenen Strukturen der Stadt und verhinderte, dass sich Familienangehörige wiedersehen konnten.

Die wirtschaftliche Kluft zwischen den beiden Deutschen Staaten vergrößerte sich immer mehr, so dass eines Tages der Arbeiter- und Bauernstaat kurz vor dem Bankrott stand.

Lotte hatte eine Arbeitsstelle in einem HO-Geschäft angenommen und sich zur Filialleiterin emporgearbeitet. Das verdankte sie allein ihrer Tatkraft, ihrer Gewissenhaftigkeit und ihrem überdurchschnittlichen Arbeitseinsatz. Die Position hätte sie sicher schon eher erreichen können, hatte aber den Unwillen der SED-Werber auf sich gezogen, weil sie es kategorisch ablehnte, in die Partei einzutreten.

Zu Lottes Leidwesen war ihr Sohn Peter bereits in der ersten Klasse ein Jungpionier geworden. In der vierten Klasse hieß er dann Thälmann-Pionier und wurde ab der achten Klasse in die Freie Deutsche Jugend aufgenommen. Er hatte, ganz im Gegensatz zu vielen seiner Schulkameraden, Freude an der russischen Sprache und brachte es darin bis zum Klassenbesten.

Eine Klassenfahrt nach Moskau war 1960 für Peter das große Erlebnis. Die Reise war von der Deutsch-Sowjetischen Freundschaft organisiert worden. Nun konnte er bei Zusammenkünften mit russischen Schülern seine Sprachkenntnisse ausprobieren. Der Eindruck, den Moskau auf Peter machte, war überwältigend. Die riesigen Straßen, die palastähnlichen Metrostationen und die bewusst von den Organisatoren eingeplante Besichtigung der Parade zur Oktoberrevolution verfehlten nicht den gewünschten Eindruck auf den Jungen.

Von der Reise zurück, schwärmte Peter noch wochenlang von den gesammelten Eindrücken. In seinen Gedanken stellte er sich vor, er wäre als Berichterstatter bei einer Zeitung angestellt und hätte die Aufgabe, Nachrichten aus Moskau und aus anderen Teilen der Sowjetunion für seine Zeitung aufzubereiten. Dann könnte ich zwischen Berlin und Moskau hin und her fahren, dachte er und beschloss, Auslandskorrespondent zu werden. Lotte ließ ihm seine Träume, wusste sie doch, dass der Staatsapparat Peter diesen Beruf versagen konnte. Wenn es dem Regime nützlicher erschien, würden sie ihm eine andere Ausbildung zuweisen.

Nach mehreren vergeblichen Versuchen, eine ernsthafte Beziehung einzugehen, hatte Lotte resigniert und pflegte nun eine Art Partnerschaft mit einem Leiter der Handelsorganisation. Kurt wohnte einige Straßen weiter. Seinen Wunsch, mit ihr zusammenzuziehen, lehnte sie freundlich, aber entschieden ab. Peter hatte nichts gegen Kurt, die beiden kamen gut miteinander aus. Je älter der Junge wurde, desto öfter stellte er die Frage nach seinem Vater. Lotte wiederholte ihre Geschichte von dem jungen Soldaten, der ihr verschwiegen hatte, dass bereits seine Verlobte auf ihn wartete, und dem sie keine Steine in den Weg habe legen wollen.

Irgendetwas ließ in Peter den Verdacht wachsen, dass dies nur ein Teil der Wahrheit war. Wenn er sich jedoch zu beharrlich nach Einzelheiten über seinen Vater erkundigte, wurden seine Fragen kurz angebunden von Lotte beendet. Das bestärkte ihn noch mehr in der Überzeugung, dass an dieser Geschichte etwas nicht stimmte.

Jedes Mal, wenn Peter dieses Thema anschnitt, entstanden in Lottes Kopf unwillkürlich Bilder aus einem anderen Lebensabschnitt. Kolja, dachte sie. Wie mag es ihm jetzt gehen? Sie fragte sich, ob er eine Familie und Kinder hatte. Nach einigen Minuten der Rückerinnerung riss sie sich zusammen, dachte bei sich: Was soll's?, und verdrängte alle weiteren Gedanken an Kolja. Doch es kam auch vor – besonders wenn sie im Frühling bei den ersten wärmenden Sonnenstrahlen am Bahngelände vorbeikam –, dass in ihr kurzzeitig der Wunsch aufkam, ihn wiederzusehen.

Als sie eines Tages die Schublade des Schreibtisches aufräumte, fiel ihr die Post ihres gefallenen Verlobten in die Hände. Ihre Finger hatten bereits das erste Kuvert geöffnet, da verharrte sie, schloss langsam, aber entschlossen das Kuvert und warf alle Briefe in den Papierkorb.

Dieser Lebensabschnitt lag so weit hinter ihr, dass keine Gefühle sie daran hinderten.

Der eiserne Vorhang zerbricht

Nachdem auch in Koljas Haus ein Fernseher stand, rückte die ganze Welt, wenn auch vom staatlichen russischen Fernsehen entsprechend zugeschnitten und kommentiert, in sein Wohnzimmer. Auslandsberichte – und ganz besonders die, die sich mit Deutschland befassten, sei es mit dem Ost- oder mit dem Westteil – erregten seine Neugier. Wenn gar Reportagen aus Berlin gesendet wurden, saß er wie gebannt vor dem Bildschirm und versuchte, etwas Bekanntes wiederzuerkennen. Ja, das da, das war der Reichstag! Damals bei der Eroberung von Berlin hatte er nur seine Rückseite sehen können, aber das war unverkennbar das Ziel, das es damals zu erreichen gegolten hatte.

Kolja glaubte, sich im Laufe der Zeit ein recht genaues Bild von den politischen Zusammenhängen, den Allianzen und den militärischen Bedrohungen beider Machtblöcke gemacht zu haben. Die Mauer in Berlin erschien ihm, nachdem er sich die Begründungen der DDR-Regierung angehört hatte, zu Recht errichtet. Sehr aufmerksam sah sich Kolja die alljährliche Kranzniederlegung am 9. Mai an, bei der russische Kriegsveteranen, hochrangige Militärs und Vertreter der Russischen Botschaft das sowjetische Ehrenmal an der Straße des 17. Juni in Berlin besuchten. Also konnten russische Landsleute in den Westteil von Berlin fahren. Das erstaunte Kolja. Vielleicht gab es doch auch für ihn noch einmal die Möglichkeit, nach Berlin zu reisen?

Bei den Bildern aus Berlin dachte er unwillkürlich ab und zu an Lotte. Ob ich den Mut aufbringen werde, nach ihr zu suchen?, fragte er sich ein ums andere Mal. Dann schlich er zu der Holzkiste, in der sich unter anderem auch seine Papiere aus der Militärzeit befanden. Ganz unten, in einem mehrfach gefalteten Briefumschlag, hatte er Lottes Foto mit der Adresse auf der Rückseite versteckt. Es kam vor, dass er mit dem Foto in der Tasche einen Spaziergang bis zum nahen Wald unternahm. Dort setzte er sich auf einen Baumstamm, um sich das Bild von Lotte lange und intensiv anzuschauen. Jedes Mal nahm er sich danach vor, nach Berlin zu fahren und sie zu suchen.

An diesen Tagen holte er seine Mundharmonika hervor, setzte sich auf die Bank vor der Haustür und spielte die Lieder, die er damals auch Lotte vorgespielt hatte. Dann freuten sich seine Frau Lena und seine Kinder und Enkel, wenn sie zu Besuch da waren, ohne die Beweggründe für das Konzert zu ahnen.

Drei bis vier Mal im Jahr sahen sich die alten Kameraden Pawel die Maus, Nikita der Bär und Kolja wieder. Ein Termin stand bereits von Anfang an fest: der 23. Februar, der Tag der Sowjetischen Streitkräfte. Diesen Feiertag ließen sie sich nicht entgehen und begingen ihn in Pawels Moskauer Wohnung im Bezirk Ramenki. Die Wohnung lag in der Uljanowastraße, kurz hinter der Ecke vom Leninprospekt.

Pawels Frau begann schon Tage vorher mit den Einkäufen für diesen Tag. Sie dachte bereits mit Grausen an den Bärenhunger Nikitas. Ein Glück, dass das Warenhaus Moskwa nicht weit entfernt war!

Wenn die drei Männer den ärgsten Hunger gestillt hatten und mehr und mehr dem Wodka zusprachen, entschuldigte sich Pawels Frau Irina, um sich bei der Nachbarin ein wenig zu erholen. Erst sehr spät, wenn die lauten Gespräche und die Kampflieder einem gleichmäßigen Schnarchkonzert gewichen waren, kehrte sie nach Hause zurück und stieg über die verstreut liegenden Männer, um sich in einem nicht belegten Raum schlafen zu legen.

Am Beginn der Feier standen zuallererst die Fragen nach dem Wohlergehen, nach der Familie und der Arbeit. Bald lockerte der Alkohol die Stimmung, und die alten, ach so schönen Geschichten aus dem Großen Vaterländischen Krieg wurden hervorgekramt. Als man dann schließlich in Berlin angekommen war und den Feind besiegt hatte, kam stets die Frage der Maus an Kolja: »Was wird wohl aus deiner Lotte geworden sein?« Danach folgten Überlegungen, wie es wohl Koljas Sohn Peter gehen möge. Ganz zum Schluss dieser Unterhaltung stichelte der Bär: »Und wann besuchst du Lotte?«

Kolja fühlte, wie ihm das Blut in den Kopf stieg, hatte er doch selber mehr als einmal daran gedacht. »Ich werde mir deine Frage ernsthaft überlegen«, antwortete er dann, um das Thema zu beenden.

Seit Michael Gorbatschow im Frühjahr 1985 Generalsekretär der KPdSU geworden war und mit Glasnost und Perestrojka das russische Wirtschafts- und Sozialsystem zu reformieren versuchte, zog ein Hauch von Freiheit über das Land. Die Reformen sollten die seit Jahrzehnten festgefahrene Politik mit neuem Leben erfüllen. Die Hardliner in der Partei sowie das Militär beobachteten diese Entwicklung mit äußerstem Misstrauen und mit großer Sorge. Besonders die Regierung der DDR unter Erich Honecker sträubte sich, diesem Kurs zu folgen, und verharrte noch lange in den festgefahrenen Bahnen.

Kolja hatte die Ereignisse aufmerksam verfolgt und hoffte, dass dieser Prozess eines Tages auch Freiheit brächte, besonders Reisefreiheit für den Normalbürger. Vielleicht war es dann ganz einfach, man setzte sich in den Zug und fuhr nach Deutschland. Er nahm sich fest vor, dass er seinen Wunsch, Lotte wiederzusehen, dann sofort in die Tat umsetzen und nach Berlin fahren würde.

Es sollten noch weitere vier Jahre vergehen, ehe die kommunistische Bastion DDR durch den Ansturm oppositioneller Bürger ins Wanken kam. Die Schleusen öffneten sich über die Botschaften in Prag, Budapest und Warschau. Einer Flut gleich flüchteten die DDR-Bürger in die Bundesrepublik Deutschland und über Ungarn nach Österreich. Eine Massenflucht setzte ein, und der eiserne Vorhang zerfiel in diesem Moment zu rostigem Staub.

Kurz danach, im November 1989, war auch die Berliner Mauer gefallen und nur noch eine für Deutschland beschämende Textpassage in späteren Geschichtsbüchern.

Kolja, dem man seine einundsiebzig Jahre nicht ansah, fühlte, wie das Alter an ihm nagte. Die Kriegsverletzung meldete sich bei jedem Wetterumschwung mit ziehenden Schmerzen im Bein. Seine blonden Haare waren fast weiß, und zum Lesen bedurfte es schon lange einer Brille. Sein Wunsch, noch einmal nach Berlin zu fahren, war zeitweise in den Hintergrund getreten, vergessen hatte er ihn jedoch nie.

Als im Jahr 1994 die ehemalige Sowjetarmee aus Deutschland abzog, verfolgte Kolja dies gebannt am Fernseher. Generaloberst Matwej Burlakow fiel die schwere Aufgabe zu, den Abzug zu organisieren und termingerecht bis Ende August 1994 durchzuführen. Ein Oberstleutnant aus Wünsdorf hatte ein Lied zum Abzug der Streitkräfte komponiert.
Kolja hörte seltsam berührt, wie die abmarschierenden Soldaten es bei der Parade sangen.
Zu den Zeilen, in denen es heißt »Auf Frieden, Freundschaft und Vertraun, sollten wir unsre Zukunft baun«, nickte Kolja zustimmend.
Ja, das sollte der richtige Weg sein, den wir gehen müssen, damit wir den Kindern eine sichere Perspektive geben.
Wie viel Leid und Verzweiflung hatte er gesehen und wie viele Menschen sterben sehen.
Deutsche, Russen, wo war hier der Unterschied?
Es gab keinen.

Als die Fernsehberichte das Oberkommando in Wünsdorf bei Berlin zeigten und er zusah, wie die Familien ihre Habseligkeiten in Blechcontainern verstauten, wusste Kolja, dass in diesem Moment der letzte direkte Einfluss russischer Macht in Deutschland ein Ende gefunden hatte. Die heimkehrenden

Soldaten und die Familien der Offiziere erwarteten oft nur improvisierte Unterkünfte. Einige mussten für Monate in Zeltstädten hausen, ehe die zugesagten Neubauten fertiggestellt waren. Das waren die negativen Seiten des gigantischen Abzuges von fast fünfhunderttausend Menschen in der Kürze der vereinbarten Zeit.

Jetzt wird es auch Zeit für mich, dachte Kolja. Wenn ich jetzt nicht fahre, dann werde ich es nie tun. Die nächste Fahrt nach Moskau benutzte er, um dem Reisebüro Intourist einen Besuch abzustatten. Trotz der politischen Umstellung und der Neubewertung des russischen Rubels hatte sich das ehemals staatliche Reisebüro über die Zeit retten können. Es vermittelte nun verstärkt Reisen ins westliche Ausland.

Mit Verwunderung stellte Kolja fest, dass die Dame vom Reisebüro sogar ein leichtes Lächeln zustande brachte, als er seine Wünsche vortrug. Sieh an, dachte er beeindruckt, denn früher im Sozialismus war ein Kunde wie ein lästiger Bittsteller behandelt und fast ausnahmslos kurz und unfreundlich abgefertigt worden.

»Nein«, sagte die Reisebüroangestellte, »es gibt keine Probleme mit dem Visum. Wenn Sie einen gültigen Pass haben, regeln wir das Weitere.«

Der Preis für eine siebentägige Gruppenreise mit Besichtigungsprogramm durch Berlin war zwar hoch, aber Kolja hatte sich bereits entschlossen zu fahren. Er dankte für die Beratung und fuhr mit einem Gefühl der Erleichterung zurück nach Larinskaja.

Die nächsten Tage schlich er im Haus umher wie die Katze um den heißen Brei. Wie bringe ich es meinem Täubchen schonend bei, dass ich nach Berlin fahren möchte? Als er seiner Frau dann endlich von seiner Absicht erzählte, konnte Lena seinen Wunsch nicht verstehen. Wie viele Gefahren hatte er überstanden, und welche Grausamkeiten hatte er auf dem Marsch nach Berlin miterleben müssen! Kolja solle auch nicht vergessen, dass viele seiner Kameraden noch heute in fremder Erde lägen. Doch da es sein größter Herzenswunsch zu sein schien, legte sie ihm keine Steine in den Weg. Vielleicht will sie mitfahren, fuhr es ihm plötzlich durch den Kopf. Ich muss sie wenigstens fragen, dachte er. Seine Besorgnis stellte sich jedoch als unbegründet heraus.

»Fahr nur«, ermunterte ihn sein Frauchen, »mich zieht es nicht dorthin. Was ich sehen will, sehe ich ja im Fernsehen. Doch wenn du da drüben bist, dann bring mir bitte etwas Schönes mit.«

»Das will ich gerne tun«, versprach Kolja und eilte erleichtert aus dem Haus, um ein wenig zu laufen und seine Gedanken zu ordnen. Nachdem Mischa merkte, dass es seinem Vater ernst war mit der Reise nach Berlin, versuchte er, soweit es seine Zeit zuließ, ihm einige grundsätzliche Deutschkenntnisse beizubringen. Mischa fiel das nicht schwer, da er außer dem in seinem Beruf unabdingbaren Englisch auch die deutsche Sprache gut beherrschte.

»Wichtig ist«, erklärte er seinem Vater, »dass du zum Beispiel Namen von Metrostationen und Straßennamen lesen und aussprechen kannst. Dann lernst du noch einige kurze Sätze für den Alltagsgebrauch, und dann, so denke ich, wirst du damit durchkommen.«

»Vergiss bitte nicht mein Alter«, wandte Kolja zaghaft ein, »aber ich werde mir Mühe geben, das verspreche ich dir.«

Am 4. Mai sollte es losgehen. Die obligatorische Feier zum Jahrestag der Armee mit seinen Kameraden Pawel und Nikita benutzte Kolja, um seine Reisepläne vorzustellen. Pawel kratzte sich nachdenklich am Kopf. »Reizen würde mich so eine Fahrt ins ehemalige Feindesland schon, aber ich habe keinen so guten Grund wie du mit deiner Lotte. Ich hoffe nur sehr, dass du sie findest, deinen Sohn sehen kannst und keine Enttäuschung nach so vielen Jahren erlebst!«

Der Bär brummte nur: »Mich bekommen keine zehn Pferde noch einmal in dieses Land. Mir reichen die Berichte im Fernsehen, und meine alten Knochen fühlen sich zu Hause am wohlsten.«

»Kannst du für mich ein paar Fotos machen?«, bat Pawel. »Du weißt schon, dort, wo wir nach Berlin reinmarschiert sind, und vom Reichstag, und von unserer Unterkunft auf dem Bahngelände und ...«

»Nun mal langsam«, mischte sich Nikita ein. »Kolja will sicher nicht wegen einer Fototour nach Berlin, sondern um Lotte zu sehen. Bring Pawel einen Bildband von Berlin mit, dann kann er nachsehen, wo er war und wie es heute aussieht.«

»Ich werde sehen, was sich machen lässt«, versprach Kolja.

Die Gespräche wurden immer lebhafter, der Wodka immer weniger, und wie so oft legte man sich erst weit nach Mitternacht dort zum Schlafen, wo man sich gerade befand.

Flug in die Vergangenheit

Ende April begann Kolja, seine Sachen für die Fahrt zusammenzusuchen. Er hatte sich im GUM, dem riesigen Warenhaus am Roten Platz, einen kleinen braunen Koffer gekauft, in den er nun sorgfältig die ausgesuchte Kleidung packte. Da er den Schlössern nicht ganz traute, hatte er noch einen stabilen Gurt gekauft, den er anschließend um sein Gepäckstück legte und festzog. Lena hatte aufgepasst, dass er auch nichts vergaß, und ihn überzeugen können, noch ein Paar Schuhe zu kaufen. Sie war der Meinung, dass seine alte Fußbekleidung nicht gut genug für eine Reise in den Westen war. Die ungewohnte Hektik, die sich im Haus ausbreitete, steckte sogar Leika an. Die schwarz-weiß gefleckte Hündin war ihnen vor Jahren als junges Tier zugelaufen. Sie sah fast so aus wie ihre weltberühmte Weltraumkollegin, die 1957 als erstes Lebewesen die Erde umrundet hatte. Mal lief sie Kolja hinterher, dann wieder Lena. Wurde es Kolja zu viel und er befahl ihr recht laut, sich zu verziehen, begann sie zu zittern und machte prompt einen kleinen See unter sich. »Dein Name Gießkanne passt so richtig zu dir«, sprach er und streichelte ihr Fell, um sie zu beruhigen.

Der Tag der Abreise war gekommen, und Koljas Sohn Mischa ließ es sich nicht nehmen, den Vater mit dem Auto in Larinskaja abzuholen und zum Flughafen Scheremetjewo zu fahren. Wie es in Russland Tradition ist, setzten sich alle schweigend für einige Minuten vor der Abfahrt zusammen und wünschten dem Reisenden in ihren Gedanken einen glücklichen Weg, also eine gute Reise. Lena hatte ihren Kolja umarmt und ihm mit Tränen in den Augen eine problemlose Fahrt gewünscht. Kurz vor der Abfahrt schoss Kolja das Blut in den Kopf. Er rannte wortlos zu der alten Holzkiste, in der er seine Militärsachen aufbewahrte, und steckte schnell und unauffällig Lottes Brief mit dem Foto ein. In diesem Moment dachte er nicht einen Augenblick an den Aberglauben, dass man vor der Abreise nicht zurückgehen solle, um etwas Vergessenes zu holen. Es hieß, das bringe Unglück. Um Fragen aus dem Wege zu gehen, nahm er die kleine Messing-Ikone aus der Kiste und zeigte sie Lena. »Hat sie mich im Krieg beschützt, wird sie auch gut für die Reise sein.« Er umarmte sein Frauchen noch einmal fest und innig, drückte ihr einen recht feuchten Kuss auf den Mund und versprach ihr, heil und gesund wiederzukommen. Dann ging er zum wartenden Wagen, streichelte Leika und stieg ein.

Am Flughafen angekommen, suchten Kolja und Mischa den Abflugschalter nach Berlin. Nach der politischen Wende konnte sich die altehrwürdige Fluggesellschaft Aeroflot nur mit stark verringerter

Anzahl von Flugzeugen und unter Aufgabe diverser Flugrouten über Wasser halten. So gab es jetzt mehrere russische Konkurrenten auf diesem Gebiet. Kolja fühlte sich sicher, als er seine Reisegruppe nach Berlin vor dem Abflugschalter traf und sein Blick auf den vertrauten Namen Aeroflot fiel.

Die Warteschlange rückte Meter um Meter vor, und Kolja schob seinen Koffer, der vor ihm auf dem Boden stand, vor sich her. Nachdem er sein Gepäck abgegeben und seine Bordkarte erhalten hatte, schlenderten beide zum Ausgang A. Als sie am Duty-free-Shop vorbeikamen, dachte Kolja spontan daran, noch eine Kleinigkeit als Mitbringsel für Lotte zu kaufen. Seine Wahl fiel auf ein Parfum russischer Herstellung und Duftnote. Doch wie sollte er Mischa diesen Kauf erklären? Der Zufall löste das Problem für Kolja.

»Warte einen Moment, ich hole dir noch eine Zeitung, damit es nicht so langweilig auf dem Flug wird«, sagte Mischa und lief ein Stück zurück zum Stand für Zeitschriften und Bücher. Kolja ließ die Flasche als Geschenk einwickeln und steckte sie hastig in seine Jackentasche. Im Nachhinein war er froh über diese Entscheidung. Kurz darauf war Mischa mit der Zeitung zurück, die Kolja zweimal faltete und unter den Arm klemmte. Vor dem Warteraum verabschiedete sich Mischa mit einer Umarmung von seinem Vater, wünschte ihm noch einmal alles Gute, drehte sich beim Weggehen erneut um und winkte seinem Vater.

Nach Kontrolle der Bordkarten am Durchgang zum Rollfeld leerte sich der Warteraum, und die Passagiere drängten nach vorne, als ob sie trotz der Platzkarten einen Sitz erobern müssten. Kolja besah sich seine Mitreisenden und stellte fest, dass es überwiegend jüngere Männer und Frauen waren, deren Kleidung auf einen guten finanziellen Status schließen ließ. Bereits in der Abfertigungshalle hatte Mischa die Passagiere gemustert und zu Kolja bemerkt: »Sieh dir diese neuen Russen an, die fliegen garantiert nur zum Einkaufen nach Berlin.«

Na, da werde ich bei der im Reisepreis enthaltenen Besichtigungsfahrt wohl wenige von denen sehen. Sie werden lieber die Kaufhäuser besichtigen, dachte Kolja.

An der Eingangstür der Maschine wurde er von den Stewardessen begrüßt und in Richtung seiner Sitzreihe dirigiert. Er verstaute sein Handgepäck und seinen Mantel im dafür vorgesehenen Fach und bat den am Gang sitzenden älteren Mann, ihn zum Fensterplatz durchzulassen. Nachdem er Platz genommen hatte, öffnete Kolja die Knöpfe seiner Jacke und rückte sich in eine bequeme Position. Die obligatorischen Freiübungen der Stewardessen belustigten Kolja, weil er ihren Sinn nicht sofort durchschaute. Doch sie erklärten es, während sie mit wedelnden Armen die Lage der Notausgänge anzeigten. Das Flugzeug rollte nun zum Startpunkt. Schilder mit Rauchverbots- und Sicherheitsgurtsymbolen leuchteten auf, und der Lärm der Düsen schwoll an. Dann drückte der Schub der Triebwerke die Passagiere in die Sitze. Das Flugzeug holperte noch ein wenig über die Rollbahn, dann stieß es mit der Nase steil nach oben. Das Geräusch der Triebwerke wurde leiser und ging in ein gleichmäßiges, beruhigendes Rauschen über.

Kolja hatte während des Startvorganges aus dem Fenster geblickt und versucht, in der schnell verschwindenden Landschaft Straßen oder markante Gebäude zu erkennen. Das Flugzeug jedoch stieg so rasant nach oben, dass Kolja eine Orientierung nicht gelingen wollte. Nachdem sie die Wolkendecke durchstoßen hatten, lag sie wie frisch gefallener Schnee auf leicht welliger Landschaft unter ihnen. Der Himmel war dunkelblau, und das Sonnenlicht, zusätzlich von der hellen Wolkendecke reflektiert, blendete. Kolja sah unauffällig seinen Nachbarn an, der den Kopf zurückgelehnt hatte und mit geschlossenen Augen dasaß.

Kolja überlegte, ob er auch zu der Pauschalreisegruppe gehörte. Er hatte gedacht, dass sich die Teilnehmer der Reisegruppe vor dem Flug unter Führung eines Reiseleiters begegnen würden. Vielleicht hatten sie sich in der Abflughalle versammelt, und ich habe die kleine Gruppe nicht bemerkt, tröstete er sich. Nun, dann werden wir uns eben in Berlin zusammenfinden, vermutete Kolja. Die überwiegende Anzahl der Passagiere waren Einzelreisende, die wohl Geschäften nachgehen oder Bekannte besuchen wollten. Koljas Reisegruppe hingegen hatte ein rein touristisches Ziel: die Besichtigung der Sehenswürdigkeiten Berlins.

»Entschuldigen Sie bitte meine neugierige Frage, aber gehören Sie auch zur Reisegruppe?«, fragte sein Sitznachbar plötzlich. Fast erleichtert, dass er einen Reisekameraden gefunden hatte, bejahte Kolja die Frage und fügte hinzu: »Ich war in den letzten Kriegstagen in Berlin und möchte noch einmal sehen, wie die Stadt jetzt aussieht.«
In den Augen des Nachbarn stand ein Ausdruck der Bewunderung, hatte er mit Kolja doch einen leibhaftigen Veteranen des Großen Vaterländischen Krieges neben sich sitzen. »Wenn wir Zeit haben, dann würde ich mich freuen, etwas über den damaligen heldenhaften Kampf von Ihnen zu erfahren«, bat er Kolja.

Es stellte sich heraus, dass Koljas Nebenmann Andrej hieß und als Offizier bis zum Abzug der Westgruppe der russischen Streitkräfte im Hauptquartier in Wünsdorf bei Berlin seinen Dienst verrichtet hatte. Als Dolmetscher hatte er während seiner Dienstzeit auch Kontakte zu Deutschen gehabt und eine engere Beziehung mit einer Familie aus Zossen gepflegt. Nun hatte er eine Einladung für seinen Besuch erhalten und freute sich schon sehr auf das Wiedersehen. Andrej hatte den Flug mit der Reisegruppe gebucht, weil das gegenüber einer Individualreise preiswerter war. So sparte er auch die teureren Hotelübernachtungen. In Berlin würde er die Zeit bis zum Rückflug bei seinen Bekannten verbringen.

Du hast es gut, dachte Kolja, und ich weiß nicht, ob es mir gelingen wird, Lotte zu finden.

Die Zeit verging sprichwörtlich wie im Fluge, und beide waren leicht irritiert, als das Rauchverbots-

und Gurtsignal wieder aufleuchtete. Als Kolja auf seine Uhr sah, stellte er fest, dass nur eine Stunde und etwa vierzig Minuten seit dem Abflug vergangen waren. Und wir mussten so viele Monate laufen, um hierherzukommen, dachte er mit einem Lächeln. Er war verwundert, beim Blick aus dem Seitenfenster so dichte Wälder und so viele Seen zu erblicken. Fast wie in Sibirien im Sommer, ging es ihm durch den Sinn.

Die Maschine sackte weich nach unten und setzte nach ein oder zwei Bodenkontakten fest auf. Das Flugzeug rollte mit pfeifenden Düsen langsam auf das Flughafengebäude zu. »Schönefeld«, las Kolja. Warum steht da nicht »Berlin«?, dachte er. Dann fiel ihm ein, dass auch der Moskauer Flughafen »Scheremetjewo« und nicht »Moskau« hieß.

Jetzt wurde es unruhig in der Maschine. Alle hatten es furchtbar eilig, in die Jacken und Mäntel zu kommen und mit ihrem Handgepäck zum Ausgang zu drängen. Es war recht frisch in Berlin und er war froh, seinen leichten Mantel mitgenommen zu haben. Kolja und sein Nebenmann warteten geduldig, bis fast alle Passagiere ausgestiegen waren. Dann nahmen sie ihre Sachen und folgten.

Kolja wunderte sich zuerst, wie klein das Flughafengebäude war. Aus Fernsehberichten hatte er andere Ausmaße vor Augen gehabt. Später erfuhr er, dass es der Flughafen Berlin-Tegel war, den er erwartet hatte. Am Gepäckband wartete er auf seinen kleinen braunen Koffer. Dann sah Kolja, dass nicht alle Reisenden durch dieselbe Tür den Raum verließen, sondern dass es zwei Ausgänge gab. Etwas verwirrt schloss er sich der kleineren Gruppe an.

In der Eile hatte Kolja weder geahnt noch gelesen, dass dies der Ausgang war, wo zollpflichtige Waren angegeben werden mussten. Als er an der Reihe war, legte er sein Köfferchen auf den Tisch und wartete, was der Zollbeamte nun machen würde. Etwas unwohl war ihm, als er den Blick des Mannes in deutscher Uniform sah. Dieser sah ihn prüfend an, lächelte dann und sagte zu Koljas Erstaunen auf Russisch: »Ist schon in Ordnung, Sie können durchgehen!«

Froh und dankbar nahm Kolja sein Gepäck, murmelte eilig ein »Danke« und ging hinaus in die Flughafenhalle. Schlagartig wurde ihm klar, dass er sich nun in einem fremden Land befand. Eine laute, plärrende Durchsage, die er nicht verstand, Reklameschilder, die er nicht lesen konnte, und das fremdartige Stimmengewirr der Menschen um ihn herum verunsicherten Kolja. Erleichtert stellte er fest, dass sich eine kleine Gruppe um eine junge Dame versammelt hatte. Sie schwenkte ein großes Blatt Papier mit der russischen Aufschrift »Reisegruppe aus Moskau« heftig hin und her. Als einige der Reisenden sie fragten, wo sie Geld umtauschen könnten, zeigte sie auf einen kleinen Laden mit der Beschriftung „Exchange". Kolja tauschte ebenfalls einige Rubel um und fühlte sich nun sicherer in seiner fremden Umgebung.

Als er zufällig auf die große Wanduhr sah, fiel ihm ein, dass er noch die Moskauer Zeit auf seiner Armbanduhr hatte. Er setzte den Koffer ab und stellte sie um zwei Stunden zurück. Nachdem die Wartenden namentlich aufgerufen waren, eilte die vollzählige Herde hinter der Reiseleiterin her in den wartenden kleinen Bus.

Kolja hatte sich wieder zu seinem Flugzeugnachbarn gesetzt. Beide sahen aufmerksam aus dem Fenster. Der Bus fuhr zuerst durch wenig bebautes Gelände und bog dann auf eine breite, mehrspurige Straße ein, die Kolja an die Straßen in Moskau erinnerte. Wenn nicht ab und zu Reklametafeln oder Lastwagen mit deutscher Schrift zu sehen gewesen wären, hätte der Weg auch gut durch einen Vorort von Moskau führen können. Industriegebäude, teils dem Verfall preisgegeben, teils bereits abgerissen, rostige Eisenbahnbrücken, Wochenendsiedlungen, Bahnanlagen und hin und wieder ein älteres, kleines Haus machten auf ihn einen ernüchternden Eindruck. Doch je mehr sie sich dem Zentrum von Berlin näherten, desto lebendiger und abwechslungsreicher wurde die Umgebung.

Als der Bus an einem Park vorbeifuhr, bemerkte ein hinter Kolja sitzender Mitreisender: »Schade, dass es Frühling ist und die Bäume bereits viel Laub haben. Im Herbst und im Winter kann man von hier aus unser großes Denkmal sehen, den Soldaten mit dem Kind auf dem Arm. Das ist hier der Treptower Park. Hier liegen fünftausend Gefallene unserer ruhmreichen Armee.« Kolja erinnerte sich an den Namen »Treptower Park« in Zusammenhang mit den Feierlichkeiten zum 9. Mai und an die riesengroße

Bronzefigur auf einem Hügel, wo die Kränze niedergelegt wurden.

Nach weiteren Kilometern bog der Bus auf einen großen Platz ein. Sein Nachbar stieß Kolja leicht in die Seite und zeigte auf den Fernsehturm am Alexanderplatz. »Ist wohl doch ein Stück kleiner als unser Turm in Moskau. Nun ja, Deutschland ist ja auch nicht so groß wie unser Mütterchen Russland«, fügte er entschuldigend hinzu. Obgleich die modernen Hochhäuser ihn weltstädtisch aussehen lassen sollten, wirkte der Platz öde und irgendwie unwirtlich. Der Bus bog in eine breite, sehr breite Straße ein. Nach einigen hundert Metern umrundete er einen Platz mit einem Springbrunnen, dessen Fontänen hinter Bronzeplatten emporschossen, und fuhr auf der anderen Seite weiter.

»Ich glaube, wir haben uns verfahren«, stieß Koljas Nachbar erstaunt aus und setzte hinzu: »Solche Magistralen haben wir in Moskau, und die Häuser ähneln unseren wie deren Brüder.« Er grinste. »Sicher hat der deutsche Architekt in der Zeit von Väterchen Stalin auf der Lomonossow-Universität studiert!«

Unterdessen suchte Kolja nach Gebäuden, die er während der Kriegstage gesehen haben könnte. Ab und zu schüttelte er ein wenig seinen Kopf, da er bis zu diesem Moment weder ein Gebäude noch einen Platz gesehen hatte, der ihm bekannt vorkam. Die Straße schien kein Ende zu nehmen, und Kolja überkam so allmählich eine wohltuende Müdigkeit. Er lehnte den Kopf zurück und schloss die Augen. Die

Wärme und das gleichmäßige Geräusch des Motors taten ihre Wirkung, und er schlief ein.

Erst ein kräftiger Ruck und die plötzliche Stille ließen Kolja aufschrecken. Es dauerte einen Moment, ehe er sich bewusst war, wo er sich befand. »Ich habe wohl etwas geschlafen«, wandte er sich seinem Sitznachbarn zu.

»Ja, nur ein wenig, aber Sie haben nichts verpasst«, beruhigte ihn dieser. »Wir sind an unserem Hotel angekommen und müssen jetzt aussteigen.«

Kolja stellte fest, dass der Bus vor einem mehrstöckigen Hotel stand, einem Neubau, wohl noch aus der Zeit der DDR. Die Reisenden verließen ohne große Hast das Fahrzeug. Kolja ließ sich Zeit, stieg als einer der Letzten aus, las über dem Eingang noch ganz langsam den Namen »Hotel Novisna« in der für ihn ungewohnten Schrift und stand danach wie die anderen in der Vorhalle.

Auf die eindringliche Bitte seiner Frau und seines Sohnes hatte er den Mehrpreis für ein Einzelzimmer bezahlt. Die Zimmerschlüssel wurden verteilt, und die Gruppe löste sich langsam auf. Kolja fuhr mit dem Lift in die dritte Etage. Er fand sein Zimmer, stellte das Köfferchen auf den Boden und ließ sich auf der Bettkante nieder.

Worauf habe ich mich nur eingelassen? Welches Teufelchen hat mich nur überredet, hierherzufahren?, dachte Kolja und seufzte vernehmlich. Er zog die Schuhe aus, lief auf Socken in das kleine Bad, mit WC und Dusche und wusch sich die Hände. Mit den nassen Händen fuhr er sich über das Gesicht, um die

Müdigkeit wegzuwischen. Doch das Alter und die lange Fahrt forderten ihren Tribut. Er sah das Bett, überlegte noch einen Moment, ließ sich dann langsam darauf nieder, schwenkte mühsam seine Beine hinauf und war im nächsten Augenblick eingeschlafen.

Als er die Augen öffnete, hatte sich Dämmerung im Zimmer ausgebreitet. Einige Sekunden brauchte Kolja, bis er seine Gedanken ordnen konnte und sich erinnerte, dass er in Deutschland, in Berlin war. Sein Magen knurrte, und ihm wurde bewusst, wie lange seine letzte Mahlzeit zurücklag. Seine tastenden Finger fanden den Schalter der Nachttischlampe. Er sah auf seine Armbanduhr, Marke Wostok, deren deutliches Zifferblatt er noch ohne Lesebrille erkennen konnte. »Schon sechs Uhr«, murmelte Kolja, »Zeit fürs Abendessen.«

An den für die Reisegruppe reservierten Tischen fand er die arg gelichtete Reisegruppe. Sein Busnachbar winkte Kolja zu sich an den Tisch.

»Wo ist denn der Rest der Mannschaft«, fragte er.

»Ach, einige sind sofort nach unserer Ankunft von Bekannten abgeholt worden und feiern sicher ihr Wiedersehen«, antwortete Andrej.

Seine Stimme klang bei diesen Worten etwas bedrückt, so dass Kolja sich erkundigte, was der Grund dafür sei.

»Nun, wie Sie wissen, bin ich auf Einladung einer deutschen Familie aus Zossen hier. Meine Ankunftszeit habe ich ihnen vor meiner Abreise mitgeteilt und warte jetzt darauf, dass auch ich abgeholt werde. Vielleicht hätten wir uns bereits am Flughafen treffen sollen.«

Fast im gleichen Augenblick rief eine Männerstimme vom Eingang her laut und vernehmlich: »Andrej!« Andrejs Bekannte waren gekommen, um ihn abzuholen.

»Na, dann bis morgen«, rief ihm Kolja nach.

»Vielleicht«, antwortete Andrej und verschwand mit der Familie.

So, nun sitze ich hier, allein und verlassen in einer fremden Stadt, und weiß noch nicht einmal, was der morgige Tag für mich bringen wird, ging es durch Koljas Kopf.

Die Gäste stellten sich am Büfett an. Kolja reihte sich ein und besah sich die Speisen. Verschiedene Salate, Fleisch- und Wurstaufschnitt, Buletten, geräucherter Fisch, Käse, Obst, Butter, Schmalz und diverse Brotsorten lagen vor ihm. Doch gleich am Anfang des Tisches hatte man einen größeren, bauchigen Kessel hingestellt. Es duftete verführerisch nach Fleisch und Gewürzen. Das ist genau das Richtige für mich, ging es Kolja durch den Sinn. Er nahm sich eine Porzellanschale, einen Löffel und eine Serviette und wartete, bis er an der Reihe war. Aus dem vielfältigen Angebot suchte er sich zwei Scheiben des dunkelsten, dem russischen ähnelnden Brotes heraus. Die Gulaschsuppe mundete ihm hervorragend, und auch das Brot war schmackhaft, kam aber nicht an das aus seiner Heimat heran. Mehr aus Neugier als aus Hunger ging er noch einmal zum Büfett, um vielleicht noch eine leckere Kleinigkeit zu finden. Bei den Obst-

und Käsesorten war er etwas unsicher, da er wenig davon kannte. So legte er sich stattdessen ein Stück Räucherfisch, eine Bulette, drei Scheiben Roastbeef mit Meerrettich und eine kleine saure Gurke auf den Teller. Alles schmeckte Kolja, bis auf das Roastbeef, das ihm zu trocken war, und den Meerrettich fand er nicht scharf genug. Schade, dass es keinen Wodka gab, er hätte jetzt ein Gläschen vertragen können. So begnügte er sich mit einer Tasse Kaffee, die ihm die Bedienung auf seine Bitte hin aus der Küche brachte.

Etwas erstaunt war er schon, als ihn die junge Frau auf Russisch nach seinen Wünschen fragte. Als sie den Kaffee brachte, fragte Kolja, ob alle Angestellten russisch sprächen.

»Nein«, entgegnete die Frau. Das könnten nur einige ihrer Kollegen und Kolleginnen. Sie hätten den Job bekommen, weil in diesem Hotel vornehmlich Gäste aus Russland abstiegen. Sie sei von der Krim und habe einen Deutschen geheiratet. Da er vor einiger Zeit seinen Arbeitsplatz verloren hatte, war ihr Verdienst eine Möglichkeit, die Haushaltskasse aufzubessern. Kolja wünschte ihr alles Gute und dass sie ihre Arbeitsstelle behalten möge.

An der Rezeption erkundigte er sich nach der Abfahrtszeit des Busses für die Stadtbesichtigung und ging dann auf sein Zimmer. Er überlegte, ob er seine Schuhe vor die Tür stellen sollte. In einem Buch hatte er gelesen, dass sie in Hotels am nächsten Tag sauber und blitzblank geputzt wären. Doch Kolja sah vor keinem der anderen Zimmer Schuhe stehen und wollte seine eigenen nicht dem Risiko aussetzen, am Morgen verschwunden zu sein. Bei dem Gedanken, in Socken durch Berlin zu fahren, huschte ein Lächeln über sein Gesicht.

Seinen kleinen Reisewecker – ein Geschenk des Sohnes – stellte er auf sieben Uhr, las noch ein wenig in den Reiseunterlagen und löschte dann das Licht.

Nach einer erfrischenden Dusche und Rasur freute Kolja sich auf ein kräftiges Frühstück. Er wurde nicht enttäuscht, denn das Büfett war reichhaltig. Erst wollte er, wie er es von zu Hause gewohnt war, Tee trinken, aber der Duft von Kaffee, der durch den Raum wehte, stimmte ihn um.

So gegen neun stand der Bus vor dem Eingang, und die Rundfahrtteilnehmer fanden sich tröpfchenweise ein. An Bord wurden sie von einer russischen Reiseleiterin empfangen, die ihnen alle wichtigen Gebäude und Plätze auf der Tour zu erklären versprach. Der große Bus war kaum zur Hälfte besetzt, so dass sich jeder einen Fensterplatz aussuchen konnte.

Das Wetter war wie für die Rundfahrt bestellt. Nur einige Schäfchenwölkchen unterbrachen das südliche Blau des Himmels. Kolja saß angespannt und voller Erwartung da. Würde er etwas wiedererkennen? Er rutschte vor Aufregung noch dichter an das Fenster. Zuerst ging es wieder die lange Frankfurter Allee entlang in die Richtung, aus der sie gestern gekommen waren.

Die nächste Station, den Alexanderplatz, erkannte Kolja sofort wieder. Dann bog der Bus ab, und die Reiseleiterin präsentierte einige geschichtliche

Details über das Berliner Rathaus, das alle Berliner nur das Rote Rathaus nennen. Der Bus drehte um und fuhr langsam am Berliner Dom vorbei, über die Schlossbrücke, den ausgeräumten Palast der Republik, der bald danach endgültig abgerissen werden sollte, und bog dann kurz zur Museumsinsel ab. Die Fahrt ging weiter Unter den Linden, und die Reiseleiterin gab Erläuterungen zur Neuen Wache, dem Zeughaus und der Humboldt-Universität.

Nachdem man sich die Beine auf dem Gendarmenmarkt vertreten hatte und den Deutschen und den Französischen Dom sowie das Schauspielhaus bewundert hatte, fuhr der Bus wieder Unter den Linden entlang, passierte die Russische Botschaft, die Kolja riesig, russisch und eindrucksvoll fand, und steuerte auf das Brandenburger Tor zu. »Ja, das kenne ich!«, rief Kolja spontan und recht laut, so dass ein vor ihm sitzender Mann sich sofort umdrehte und fragte: »Waren Sie schon einmal hier?«

»Ja, im Jahr 1945 haben sich meine Kameraden und ich hier durchgekämpft«, antwortete Kolja ganz aufgeregt. »Wenn nicht das Tor da stünde, würde ich kaum etwas wiedererkennen. Damals lag alles in Trümmern, und viel Zeit, um uns die Gegend genauer anzusehen, hatten wir wahrlich nicht.«

Der Bus hatte kaum das Tor durchfahren, als Kolja ein zweites Mal laut ausrief: »Und dort, das große Gebäude, das ist der Reichstag, den habe ich auch noch gesehen, aber nur die Rückseite.« Der Bus legte vor dem Reichstag eine weitere Pause ein. Alle stiegen aus und machten die obligatorischen Fotos. Da Kolja keinen Apparat mitgenommen hatte, bat er einen Landsmann, ihn mit dem Reichstag im Hintergrund zu fotografieren. Dieser war gern dazu bereit, besonders als Kolja ihm die näheren Umstände seines Aufenthalts in Berlin zum Kriegsende schilderte.

Die Reiseleiterin hatte der Gruppe mitgeteilt, dass der Bus hier etwa eine halbe Stunde stehen bliebe, so dass genug Zeit sei, zum Brandenburger Tor und zum Russischen Ehrenmal zu laufen. Russische Denkmale haben wir genug in der Heimat, dachte Kolja und wandte sich lieber zum Brandenburger Tor.

Vadim, der hilfsbereite Reisegefährte mit dem Fotoapparat, war den selben Weg gegangen. Als er Kolja sah, fragte er sogleich, ob er ihn auch mit dem Tor aufnehmen soll. Kolja stellte sich erfreut in Positur. Dann ging er zurück zum Reichstag und sah auf dessen Rückseite weiße Gedenkkreuze am Spreeufer, die den Maueropfern gewidmet waren. Er fand ihre Bedeutung nicht heraus und setzte sich wieder in den Bus.

Der Bus fuhr einen Bogen um den Reichstag und dann an der Kongresshalle vorbei durch den Tiergarten zum Großen Stern. Vorbei an der Siegessäule und über den Lützowplatz ging es weiter bis zum Kaufhaus KaDeWe. Hier parkte der Bus in einer Seitenstraße, um den Berlinbesuchern Gelegenheit zu geben, das Haus zu besichtigen und gegebenenfalls etwas einzukaufen. Einige strebten dem Kaufhaus zu, andere fanden die Geschäfte in der Tauentzienstraße anziehender.

Kolja sah von weitem das Europacenter und die Ruine der Kaiser-Wilhelm-Gedächtniskirche, entschloss sich aber, zuerst einen Blick in das Kaufhaus zu tun, von dem er in Reportagen gehört und das er auch im Fernsehen gesehen hatte. So fuhr er, etwas unsicher, weil er sich nun das erste Mal ganz allein in deutscher Umgebung zurechtfinden musste, mit dem Aufzug bis zum obersten Stockwerk, um sich von dort alle Etagen nach unten hin anzusehen.

Die Produkte unterschieden sich beträchtlich von denen in Moskau, obwohl sich dort das Warenangebot in den letzten Jahren dem westlichen stark angenähert hatte. In der Abteilung für Pelze hörte er russische Worte, ging näher und erkannte zwei junge Frauen aus dem Flugzeug, beide wasserstoffblond und mit kräftig rot geschminkten Lippen, die sich gerade lange Nerzmäntel vorführen ließen. Früher, so überlegte Kolja, lieferte Russland Pelze der teuersten und besten Qualität in alle Welt, und nun kaufen unsere Frauen die Pelze im Westen. Verstehe das, wer will. Sind wohl die Gespielinnen der neuen Russen, dachte Kolja mit Bitterkeit und beeilte sich, von diesem Ort zu verschwinden.

In der Lebensmittelabteilung jedoch verstand er, warum die Touristen ins KaDeWe gingen. Die Auswahl und Präsentation der Delikatessen war ein wahrer Augenschmaus. Am Obststand, wo speziell fremdländische Obstsorten angeboten wurden, konnte er sich kaum vom Anblick der vielen schönen und oft seltsam aussehenden Früchte lösen. Als er näher trat, um sich die Auslagen genauer anzusehen, sprach ihn der Obstverkäufer an und fragte nach seinen Wünschen. Kolja sah in das dunkle Gesicht des sicher aus

Afrika stammenden Mannes, das ihn fast noch mehr verwirrte als die Früchte, schüttelte den Kopf und wandte sich bereits zum Gehen, als er noch einmal angesprochen wurde. Er drehte sich um. Der junge Mann reichte ihm ein gefaltetes Stück Papier über den Tresen. Zögernd nahm Kolja es entgegen, sah kurz darauf und bedankte sich auf Deutsch, wie es ihm sein Sohn beigebracht hatte: »Ich danke Ihnen sehr.«

Worauf der Verkäufer lächelnd erwiderte: »Gern geschehen, auf Wiedersehen.«

In einer ruhigen Ecke faltete Kolja das Papier auseinander und freute sich, als er die exotischen Früchte wiedererkannte, die er am Verkaufsstand gesehen hatte. Die werden zu Hause aber Augen machen, wenn ich ihnen die Bilder zeige, dachte Kolja und steckte das Papier ein.

Als er durch die Buchabteilung schlenderte, fiel ihm ein, dass er für sein weiteres Vorhaben sicher einen Stadtplan bräuchte. Er entschied sich, auch mit einem Blick auf den Preis, für einen Faltplan mit Straßenregister. Beim Bezahlen sah er auf die Kassenanzeige und suchte einen passenden Geldschein aus dem Portemonnaie. Die Frage des Kassierers nach einem Parkschein verstand Kolja nicht. Er zuckte nur verständnislos mit den Schultern, nahm den eingetüteten Stadtplan entgegen, murmelte undeutlich »Danke« und eilte davon.

Er sah auf die Uhr und erschrak ein wenig. Jetzt musste er auf dem kürzesten Weg zurück zum Bus! Die Rolltreppen kamen ihm so langsam vor, dass er es bereute, nicht den Aufzug genommen zu haben.

Er war überzeugt, dass in Moskau die Rolltreppen mindestens doppelt so schnell fuhren. Etwas außer Atem erreichte er den Bus. In der Tür stand bereits die Reiseleiterin, die ihm von weitem mit der Hand andeutete, sich ruhig Zeit zu lassen. »Langsam, langsam, Sie sind nicht der Letzte, es fehlen noch drei Passagiere!«
Kolja sah sich um und stellte fest, dass auch sein Fotograf Vadim noch nicht eingetroffen war. Als dieser und das noch fehlende Ehepaar endlich zurück waren, fuhr der Bus über die Straße des 17. Juni und vom Großen Stern aus die vertraute Strecke zurück zum Hotel.

Durch die Verspätung war keine Zeit mehr, sich im Zimmer etwas zu erholen. So strebten alle dem Esssaal zu, um das verspätete Mittagessen einzunehmen. Danach merkte Kolja, wie sehr ihn diese Tour angestrengt hatte. Sein Bein mit der alten Verwundung schmerzte, und er wurde schlagartig so müde, dass er kaum die Augen offen halten konnte. Er tappte zum Lift, betrat sein Zimmer und zog die Schuhe aus. Kurz überlegte er, ob er sich noch etwas frisch machen sollte, doch dann schüttelte er den Kopf und ließ sich langsam rückwärts auf sein Bett nieder. Sekunden später war Kolja fest eingeschlafen.

Er wusste nicht, wie lange er geschlafen hatte, als ein lautes, sich wiederholendes Klopfen an der Tür ihn weckte. Nachdem er sich wieder erinnert hatte, wo er war, stand er mühsam auf und humpelte steifbeinig zur Tür. Vadim entschuldigte sich für die Störung und begründete sie damit, dass alle beim Abendessen säßen und nur er vermisst werde. Kolja bedankte sich für seine Besorgnis und versprach, in ein paar Minuten nach unten zu kommen.

Nach dem Abendessen ging Kolja das Gesehene noch durch den Kopf. Ich werde mir doch noch einen Bildband kaufen müssen, dachte er bei sich. Dann könnte ich die vielen Eindrücke der Besichtigungstour zu Hause in Ruhe noch einmal an mir vorüberziehen lassen.

Für den nächsten Tag waren eine Fahrt zum Russischen Ehrenmal im Treptower Park, eine Fahrt mit der U-Bahn und einige Museumsbesuche vorgesehen. Als Kolja in seinem Zimmer am kleinen Tisch saß, kam ihm der ursprüngliche Grund seiner Reise wieder in den Sinn. Er wollte doch Lotte sehen, wenn es irgendwie möglich wäre! Sein Herz klopfte merklich schneller, als er an früher dachte. Dann nannte er sich einen alten Narren und versuchte, einen klaren Gedanken zu fassen. Wie oft hatte er sich vorgestellt, wie einfach es wäre, nach Berlin zu fahren und Lotte zu suchen. Allein die heutige Rundfahrt hatte ihm gezeigt, dass Berlin eine große Stadt war und ihm alles viel fremder erschien, als er es sich gedacht hatte.

Während der Rundfahrt hatte er immer wieder versucht, die Namen auf den Straßenschildern zu lesen, und im Kaufhaus hatte er sich die Bezeichnungen der Waren zu entziffern bemüht. Es machte Kolja mehr Mühe und ging langsamer, als er vermutet hatte. Ein wenig begann er daran zu zweifeln, Lotte wiederzufinden.

Da erinnerte er sich an den Stadtplan. Er holte ihn aus dem Schrank und breitete ihn auf dem Tisch aus, wobei er an beiden Seiten über die Tischkanten hing. Beim Anblick des Gewirrs von Straßen und Plätzen machte sich Mutlosigkeit in ihm breit. Wie zum Teufel soll ich mich in dieser großen, fremden Stadt zurechtfinden?, dachte Kolja. Der Deutschunterricht, den sein Sohn Mischa ihm gegeben hatte, reichte nicht, um sich durchzufragen. Seine Kenntnisse beschränkten sich auf ein recht langsames Lesen der deutschen Worte und auf einige, wenige kurze Sätze. Kolja stellte fest, dass er von dem Gelernten einen Teil bereits wieder vergessen hatte. Er musste resigniert einsehen, dass sein Gehirn nicht mehr so aufnahmefähig war.

Zu Hause war ihm sein Vorhaben so einfach vorgekommen, und nun bauten sich Hindernisse auf, an die er nicht gedacht hatte.

Er suchte in seinem Köfferchen das Kuvert, in das er Lottes Bild mit Adresse deponiert hatte. Im Straßenverzeichnis des Stadtplans suchte er die Straßen, die mit einem ›B‹ anfingen. Er las: Babelsberger Straße, Bachstraße, Bahnhofstraße und so fort, bis ihm einfiel, den zweiten Buchstaben mit einzubeziehen. Doch gab es immer noch zu viele Straßen mit ›Bo‹. Erst als er nach ›Bor‹ suchte, grenzte er das Verzeichnis erfolgreich ein und fand endlich die Borkumer Straße. Das Lesen der fremden Schrift hatte ihn angestrengt, er lehnte sich ermüdet zurück und wischte sich über die Augen.

Dann suchte er das angegebene Planquadrat und entdeckte schließlich die kleine Straße darin eingezeichnet. Die Namen der angrenzenden Straßen sagten ihm nichts, doch er erkannte das Symbol für eine Kirche. Jetzt hatte er zwei vertraute Stellen gefunden und erinnerte sich von Minute zu Minute mehr an die Wege, die er und Lotte gegangen waren. Auch das Bahngelände fand er wieder. Seine Gedanken gingen die vielen Jahre zurück, und ein Lächeln machte sich auf seinem Gesicht breit. Doch, er musste es wagen, dorthin zu kommen! Auf halbem Weg stehen zu bleiben, das lag nicht in seiner Natur.

Zuerst versuchte Kolja, einen Weg mit der U-Bahn zu finden. Ja, es gab eine Linie, die nicht sehr weit entfernt von der Borkumer Straße endete. Er war oft genug mit der Moskauer Metro gefahren, um zuversichtlich zu sein, auch hier in Berlin die richtige Strecke zu finden. Sicherheitshalber nahm er ein Blatt des Hotelbriefpapiers und notierte die Stationsnamen, während er auf der Karte etwas mühsam den Weg vom Hotel und von der nicht allzu weit entfernten U-Bahn-Station Lichtenberg bis zur Endstation Vinetastraße verfolgte. Am Alexanderplatz musste er in eine andere Linie umsteigen. Er kratzte sich am Kopf. Was würde geschehen, wenn er auf dem Weg einen Fehler machen und vielleicht in einen falschen Zug stiege? Da kam Kolja die rettende Idee: Sollte dieser Fall eintreten, so würde er eine Taxe anhalten und dem Fahrer die Adresse zeigen. Zu diesem Zweck bereitete er sogleich einen Zettel mit Lottes Anschrift vor und steckte ihn zusammen mit der Übersicht der U-Bahn-

Stationen ins Portemonnaie. Er war sich sicher, dass der Taxifahrer seine ungelenke deutsche Handschrift lesen konnte. Da durchfuhr ihn ein weiterer Gedanke wie ein Blitz: Das Gleiche könnte ja auch auf dem Rückweg geschehen! Um auch in diesem Fall dem Taxifahrer das Ziel nennen zu können, riss er aus dem Hotelprospekt die Adresse heraus und steckte das Papier zu den anderen Zetteln. So, nun waren alle Vorkehrungen getroffen, und morgen konnte das Abenteuer beginnen.

Lange fand er keinen Schlaf. Seine Gedanken drehten sich um die Vergangenheit. Bilder vom Marsch auf Berlin und von seinen Kameraden wechselten sich ab mit Lottes Gesicht mit den blauen Augen.

Das Wiedersehen

Leicht übermüdet, aber mit dem festen Willen, die gestrige Planung in die Tat umzusetzen, rasierte Kolja sich am frühen Morgen sorgfältig, kämmte seine weißen Haare, suchte sich ein frisches Hemd aus dem Koffer und eilte zum Frühstücksbüfett. Nachdem er sich ausgiebig gestärkt hatte, meldete er sich bei der Reiseleiterin von der vorgesehenen Bustour ab. Das Wetter zeigte sich wieder von der freundlichen Seite, und es versprach ein warmer, sonniger Tag zu werden.

Auf dem Weg zur U-Bahn-Station kamen Kolja wiederholt leise Zweifel am Erfolg seines Vorhabens. Er blieb sogar mehrmals stehen, schüttelte den Kopf, ging aber dann doch weiter. Am U-Bahn-Eingang angekommen, durchfuhr Kolja der erste Schreck. Wo bekam er sein Billett für die Fahrt her? Von der Reiseleiterin hatte er zwar erfahren, dass es im Gegensatz zu Moskau keine Plastikjetons gab, die man in den Schlitz der Durchgangssperre werfen musste. Wo aber konnte er hier die Fahrkarte kaufen? Er beobachtete die Fahrgäste, wohin sie zuerst gingen. Fast alle eilten, ohne anzuhalten, sofort auf den Bahnsteig. Dass sie Monats- oder Jahreskarten hatten, wusste Kolja nicht. Doch dann sah er, wie einige rechts um die Ecke bogen und mit einem Fahrschein in der Hand zurückkamen. Aha, dachte Kolja, da also gibt es das Billett!

Die zweite Unsicherheit stellte sich ein, als Kolja nicht den erwarteten Kartenverkäufer, sondern einen großen, gelben Fahrscheinautomaten vor sich sah. Um nicht im Wege zu stehen, stellte sich Kolja seitlich vom Automaten auf und versuchte herauszufinden, wie viel Geld für eine Fahrkarte nötig war. Nachdem er sich gemerkt hatte, welchen Knopf die meisten Fahrgäste gedrückt und wie viel Geld sie eingeworfen hatten, versuchte er sein Glück. Er drückte den bestimmten Knopf, warf die in der Anzeige verlangte Summe in Geldstücken ein und holte erleichtert den Fahrschein aus dem Ausgabeschacht. Seine vorherigen Beobachtungen hatten gezeigt, dass der Fahrschein am Anfang des Bahnsteiges in einen kleinen Kasten gesteckt, gestempelt und so entwertet wurde. Er vergewisserte sich mit einem Blick auf seinen Notizzettel, dass er auf der richtigen Bahnsteigseite stand.

Nachdem er eingestiegen war, konzentrierte Kolja sich auf das Zählen der Stationen bis zum Alexanderplatz. Erleichtert hörte er dann kurz vor dem Erreichen seines Umsteigebahnhofes nach einem melodischen Gong die automatische Stationsansage durch eine Frauenstimme: »Nächste Station Alexanderplatz, umsteigen nach ...« Das Wort Alexanderplatz verstand Kolja gut. Er stieg aus.

Nach einigem Suchen fand er den Anschlusszug zur Vinetastraße. Auf dieser Fahrt konnte nicht viel schiefgehen, da er bis zur Endstation durchfuhr. Als er so dasaß, hatte er genügend Zeit, die Fahrgäste zu betrachten. Ihm fiel auf, dass sich die Kleidung etwas von der der Moskauer unterschied. Jedoch besonders die jüngeren Mitfahrenden ähnelten in ihrer von Jeans, Sweatshirts und Sportschuhen geprägten Kleidung sehr den Jungen und Mädchen in Moskau. Plötzlich kam es ihm vor, als ob ihn einige der ihm gegenübersitzenden Passagiere ebenfalls zu mustern schienen. Sehe ich denn so anders aus?, dachte er und schaute an sich herunter. Die Hosen waren sicher nicht nach der neuesten Mode, aber sie hatten wenigstens eine ordentliche Bügelfalte, und die Schuhe waren doch auch neu. Ach, ich bilde mir das nur ein, weil ich hier fremd bin, überlegte Kolja und konzentrierte sich wieder auf die Reklameschilder und die Bahnhofsnamen.

Ein wenig stolz stellte er fest, dass ihm das Lesen der ungewohnten Schrift schon etwas leichter fiel. Im Stillen dankte er seinem Sohn für den beharrlichen Unterricht, der sich jetzt auszahlte.

Die Stationen huschten vorbei. An der Endstation stieg er mit den letzten Fahrgästen aus und lief langsam die Treppe hoch, um seinen Weg zu Fuß fortzusetzen.

Den Weg zu seinem Ziel hatte er anhand der Straßennamen notiert. Zuerst schritt er forsch und kraftvoll aus, doch je mehr er sich seinem Ziel näherte, desto verhaltener wurden seine Schritte. War es vielleicht ein großer Irrtum, diesen Besuch zu wagen?, dachte Kolja. Würde er eventuell sogar eine bittere Enttäuschung erleben? Doch dann fasste er wieder Mut und sagte sich in Gedanken, dass es nach dieser langen Reise nicht richtig wäre umzukehren. Nach einigen weiteren hundert Metern blieb er mit einem Ruck stehen. Er sah vor sich die rote Backsteinkirche am Kissingenplatz. Jetzt bin ich am Anfang meines hier vor gut fünfzig Jahren begonnenen Weges, durchfuhr es Kolja.

In Gedanken sah er die hungernden Menschen, die sich um die Gulaschkanone drängten. Das Hupen eines Autos, schreckte ihn aus seiner Versunkenheit hoch. Er besann sich noch einen Moment, dann lief er erst zögernd, dann immer schneller die Straße entlang.

Als er um die Ecke in die Borkumer Straße einbog, blieb er noch einmal kurz stehen, und er erinnerte sich daran, wie Lotte reagiert hatte, als er ihren Arm ergriffen hatte, um die Zeit auf ihrer Armbanduhr lesen zu können.

Nach den ersten Häusern, die sich teilweise in einem erbärmlichen Zustand befanden, wanderte sein Blick weiter, bis er das Haus Nummer acht entdeckte. Auch hier sah man, dass in den Jahrzehnten nichts instand gesetzt worden war. Die Fensterrahmen hatten nur noch Reste von weißer Farbe, und der Putz fehlte an vielen Stellen. Zögernd öffnete Kolja die nur angelehnte Haustür und trat in den Hausflur. Ein Geruch von Kohl und angebrannten Zwiebeln wehte ihm entgegen. Wenn Lotte nun geheiratet hat?, ging es ihm auf einmal durch den Kopf. Dann stehe ich aber dumm da und werde sie unter ihrem neuen Namen nicht finden!

Im dämmrigen Licht entdeckte er eine Holztafel mit den Mieternamen. Aufgeregt und stockend las er die Namen, leise vor sich hinmurmelnd. Dann begann seine Stimme zu zittern, und er las „Borchert", und noch einmal, diesmal lauter: „Borchert." Beim Klang seiner Stimme zuckte er unwillkürlich zusammen. Hoffentlich hat mich niemand gehört, dachte er und stapfte zur Treppe. Sein Herz klopfte ihm bis zum Hals. Kurz vor der Treppe blieb Kolja stehen, lief zurück zur Tafel und schaute nach, in welcher Etage sich die Wohnung befand.

Bin ich bis hierher gekommen, dachte Kolja, dann schaffe ich es auch noch bis zum vierten Stock. Er holte tief Luft und begann die Treppen hinaufzusteigen. Auf dem Treppenabsatz zur zweiten Etage kam ihm ein Mädchen von etwa sechs Jahren entgegen. Kolja blieb stehen und lächelte das Kind an. Auch das Mädchen war stehen geblieben, sah ihn misstrauisch an und drückte sich eng an der Wand entlang an Kolja vorbei. Etwas verwundert sah Kolja an sich herunter und fand nichts Ungewöhnliches an seinem Aussehen. Vielleicht hatte man das Kind ganz allgemein vor Fremden gewarnt.

Auf der Treppe vom dritten zum vierten Stock geschah es. War es die Aufregung, lag es vielleicht an der unzureichenden Beleuchtung? Kolja trat nicht voll auf die Stufe, sondern erwischte nur die Stufenkante, rutschte ab, drehte sich zum Geländer, um sich festzuhalten, griff daneben und schlug mit dem Arm und dem Kopf auf die Stufen. Kurz verlor er das Bewusstsein und rollte die restlichen Stufen nach unten. Das Poltern auf den Holzstufen dröhnte durch das Treppenhaus.

Dann breitete sich Stille aus. Nichts regte sich. Kolja kam zu sich und versuchte, sich aufzusetzen. Ein jäher Schmerz fuhr durch seinen linken Arm. Mühsam setze sich Kolja auf die unterste Stufe. Von oben hörte er Geräusche. Nachdem sich eine Tür, dumpf ins Schloss fallend, geschlossen hatte, näherten sich Schritte.

Ein Mann in mittleren Jahren kam die Treppe herab. Als er Kolja dort hocken sah, nahm er die letzten Stufen eilig. Bestürzt sah der Mann auf Koljas Kopf und auf das Blut, das ihm in einem dünnen Rinnsal aus den Haaren sickerte.

»Kann ich Ihnen helfen?«, fragte er. Kolja verstand nicht und versuchte eine abwehrende Handbewegung zu machen. Aufstöhnend griff er sich an seinen linken Arm. Der Mann reichte ihm ein Taschentuch und deutete auf das Blut, das Kolja seitlich am Kopf und am Hals herablief und das dieser erst jetzt bemerkte. Sein Kopf dröhnte. Er tupfte mit dem Taschentuch das Blut auf. Nun versuchte der Mann, ihm auf die Beine zu helfen. Dabei fasste er auch Koljas linken Arm an.

Kolja stöhnte wieder auf und sagte auf Russisch: »Halt, es tut sehr weh!«

Sein Helfer stutze, überlegte kurz und erwiderte, ebenfalls auf Russisch: »Es ist besser, wir gehen zum Krankenhaus.«

Kolja blickte fast erschrocken zu ihm auf. »Sie sprechen russisch?«

»Ja, ein wenig.«

Zuerst wollte Kolja den Vorschlag des Mannes ablehnen. Doch die Schmerzen im Arm nahmen zu, und auch sein Kopf tat zunehmend weh.

»Gut, gehen wir«, willigte er ein. Vorsichtig half ihm sein Begleiter auf die Beine. Etwas unsicher, von seinem Samariter gestützt, tappte er die Treppe hinunter.

Koljas Gedanken gingen in diesen Minuten zurück zur vierten Etage. So nah am Ziel musste ihm das Schicksal diesen Streich spielen! Doch in seiner jetzigen Verfassung wollte er vor Lotte, falls er sie antreffen würde, nicht erscheinen.

Auf dem Weg zum Krankenhaus hatte Kolja genügend Zeit, sich seinen Begleiter anzusehen. Der Mann war kräftig und nicht sehr groß. Kolja schätzte sein Alter um die fünfzig Jahre. Seine Haare waren blond und leicht gewellt, und Kolja bemerkte, dass seine blauen Augen ihn ab und zu besorgt und mitfühlend ansahen.

Im Krankenhaus angekommen, wurde zuerst der Arm geröntgt. Die Aufnahmen zeigten erfreulicherweise keinen Bruch. Die weitere Untersuchung ergab eine sehr starke Stauchung des Schultergelenkes und eine Prellung am Ellenbogen. Da Kolja über leichte Übelkeit klagte, meinte der Arzt, dass das eine Gehirnerschütterung bedeuten könnte. Nachdem seine Kopfplatzwunde geklammert war, bestand der Stationsarzt darauf, dass Kolja für ein oder zwei Tage zur Beobachtung hierbleiben sollte. So wurde er trotz matten Protestes ins Bett gesteckt. Probleme wegen der Kosten gab es nicht, da alle Reisenden aus Russland eine Krankenversicherung für das Ausland abschließen mussten.

Kolja wunderte sich darüber, dass auch der Arzt russisch sprach, und erfuhr auf Nachfrage, dass dieser einige Semester in Moskau studiert hatte. Dass hier einige Personen russisch sprechen, liegt wohl daran, dass ich ja im ehemaligen russischen Sektor von Berlin bin, dachte Kolja.

Als sich sein Helfer verabschiedete, bedankte sich Kolja herzlich für seine Hilfe und fragte nach seinem Namen. »Mein Name ist Peter«, sagte der Mann, dann ging er.

Der Patient im zweiten Bett hatte Kolja mit ablehnendem Blick gemustert. Als Kolja nach einigem Nachdenken langsam auf Deutsch sagte: »Mein Name ist Nikolai Markow«, murmelte dieser etwas Unverständliches und drehte sich auf die andere Seite.

Gott sei Dank nur ein oder zwei Tage, ging es Kolja durch den Sinn, dann bin ich ja wieder weg von hier. Er legte sich zurück und versuchte, sich zu beruhigen.

Urplötzlich setzte er sich mit einem Ruck auf, so dass er sofort schmerzhaft seinen Arm und seinen angeschlagenen Kopf spürte. Erst jetzt erinnerte er sich daran, wie sich sein Retter vorgestellt hatte. Er hatte gesagt, sein Name sei Peter. Eine heiße Welle durchflutete Kolja. Sollte dieser Zufall ihn mit seinem Sohn zusammengeführt haben? Das Alter des Mannes könnte mit dem seines Sohns übereinstimmen. Der Ort, wo sie zusammentrafen, nahe bei der Wohnung von Lotte, seine blonden Haare, die blauen Augen – alles deutete darauf hin, dass er soeben seinen Sohn gefunden hatte.

In Koljas Kopf überschlugen sich die Gedanken. Nun war er sich sicher, seinem Ziel ganz nahe gekommen zu sein. Wusste Peter, dass er sein Vater war? Was aber wäre, wenn Lotte nicht mehr lebte und nur sein Sohn dort wohnte? Würde Peter glauben, dass er und seine Mutter sich geliebt hatten? Sollte er, falls Lotte ihrem Sohn die Wahrheit nicht erzählt hatte, ihm nur für seine Hilfeleistung danken und wieder nach Hause fahren? Innig hoffte Kolja, Lotte anzutreffen, dann wären all diese Fragen gegenstandslos. Er musste so schnell wie möglich Gewissheit haben.

Als der Stationsarzt noch einmal nach ihm sah, bat Kolja ihn darum, das Hotel zu informieren, und erklärte, dass er morgen das Krankenhaus wieder verlassen wolle. Auf eigene Verantwortung, wie er versicherte. Die Hinweise des Arztes auf seine Verletzungen und mögliche Spätfolgen konnten Kolja nicht von seinem Vorhaben abbringen.

Nachdem Peter seine Besorgungen erledigt hatte, brachte er seine Einkäufe nach Hause. Er wohnte nur ein paar Häuser entfernt von seiner Mutter. Nun eilte er zu ihr, um ihr sein Erlebnis mit dem fremden Besucher zu erzählen.

»Ein Russe?«, fragte Lotte.

»Ja«, antwortete Peter.

»Wen wollte er wohl besuchen?«, setzte Lotte nach und fuhr fort: »Du hast gesagt, er war bereits auf der Treppe zur vierten Etage? Treptows von nebenan werden wohl kaum Russenbesuch erwarten, und das junge Pärchen auf der anderen Seite wohnt erst einige Monate hier.«

»Keine Ahnung, in der Eile habe ich nicht gefragt, zu wem er wollte.«

»Wie alt war er etwa?«, kam Lottes nächste Frage.

»Sicher weit über sechzig Jahre«, mutmaßte Peter.

Eine Weile schwieg seine Mutter, dachte sie doch in diesem Moment an eine lang zurückliegende Zeit.

»Hallo, wo bist du mit deinen Gedanken?«, fragte Peter und stupste seine Mutter am Arm.

Sie schreckte zusammen und meinte abwehrend: »Schon gut, ich bin wieder da.«

»Wenn du morgen nichts Besonderes vorhast, so komm doch mit, wenn ich ihn besuchen gehe«, schlug Peter vor.

»Ach, wozu soll ich mir einen fremden Mann ansehen«, wehrte Lotte ab. Dann besann sie sich und meinte, ein langer Spaziergang täte ihr auch einmal wieder ganz gut. In ihrem Inneren blieb ein leichtes flaues Gefühl zurück, wenn sie daran dachte, dass es vielleicht doch ihr Kolja sein könnte. Sicher war es nur ein Zufall, beruhigte sie sich erneut. Es könnte aber doch eventuell ein Bekannter von Kolja sein, der ihr etwas von ihm ausrichten sollte, ließ sich die innere Stimme hartnäckig vernehmen.

Peter hatte die nicht zu übersehenden Gefühlsregungen und das wechselnde Mienenspiel seiner Mutter beobachtet. Warum hatte die Erwähnung des russischen Mannes sie so durcheinandergebracht? Er merkte, dass das Gespräch Lotte mehr aufregte, als er gedacht hatte. Um wieder Ruhe einkehren zu lassen, schlug er vor, sie morgen so gegen neun Uhr abzuholen. Sie nickte noch etwas zerstreut und begleitete ihn zur Tür.

Seine Schritte waren kaum im Treppenhaus verhallt, als sie eilig und mit fahrigen Händen Koljas letzten Brief aus der Schublade holte. Sie las den Brief intensiv und bewusst Wort für Wort. Es schien, als ob sie damit eine geistige Verbindung zum Schreiber dieser Zeilen anstrebte. Nachdem sie den Brief zu Ende gelesen hatte, kamen noch einmal, diesmal stärker als vorher, in ihr Zweifel hoch, dass es sich um Kolja handeln könnte. Sie schalt sich eine alte Närrin und legte den Brief zurück in die Schublade. Doch ihr Versprechen, mit ihrem Sohn zum Krankenhaus zu gehen, wollte sie trotzdem in die Tat umsetzen, und so überlegte sie, was sie morgen anziehen sollte.

Als Peter am nächsten Morgen bei seiner Mutter klingelte, glaubte er seinen Augen nicht zu trauen. War das seine leicht gebeugte, blasse, zerzauste Mutter, die da vor ihm stand? Sie war kaum wiederzuerkennen. Noch spät abends hatte sie sich die Haare gewaschen und sie am Morgen zu einer adretten Frisur gesteckt. Lippenstift, ein leichtes Rouge und ein fröhliches buntes Sommerkleid ließen sie um Jahre jünger erscheinen. Ihre siebzig Jahre sah man ihr nun wahrhaftig nicht an.

»Mach den Mund zu und komm«, strahlte sie ihren Sohn an.

»Du siehst aus, als ob wir zu einem Sommerfest gehen«, stellte Peter fest.

»Nach dem Krankenhaus kannst du mich gerne auf eine Tasse Kaffee und ein Stück Kuchen in einem Gartenlokal einladen«, neckte ihn seine Mutter, »dann hat sich mein Aufwand wenigstens gelohnt.«

»Einverstanden, das mache ich!«

Peter und seine Mutter fuhren mit dem Aufzug in die zweite Etage des Krankenhauses. Dann standen sie vor Koljas Tür. Bis hierher war Lotte froh und gut gelaunt neben ihrem Sohn einhergeschritten. Nun verließ sie der Schwung, mit dem sie aufgebrochen war. Sie schob Peter vor. »Geh du zuerst hinein, ich bleibe hinter dir.«

Nur eine Person befand sich im Raum. Kolja stand am Fenster und hatte der Tür den Rücken zugekehrt. Als er die Tür ins Schloss schnappen hörte, drehte er sich um, in der Annahme, es sei der Patient aus dem Nachbarbett oder die Krankenschwester. Da er vorhatte, in den nächsten Minuten auf eigene Verantwortung das Krankenhaus zu verlassen, hatte er bereits wieder seinen Anzug angezogen und wartete abmarschbereit auf seinen Entlassungsschein.

Als er Peter sah, strahlte Kolja und sagte auf Deutsch: »Danke für Hilfe, ich gehe zu Hotel jetzt.« Bei diesen Worten bemerkte er die zweite Person, die halb durch Peter verdeckt den Raum betreten hatte. Kolja machte ein paar Schritte vom Fenster weg auf sie zu, um sich die Frau näher anzuschauen.

Lotte trat hinter Peter hervor und musterte aufmerksam ihr Gegenüber. Kolja erwiderte ihren Blick. Dann holte er tief Luft, und kaum vernehmbar kam seine Frage: »Lotte?«

Eine zittrige Stimme antwortete fragend: »Kolja?«

Noch ungläubig und kopfschüttelnd streckte Kolja beide Arme aus und sagte mit belegter Stimme: »Ja, dein Kolja!«

Lotte machte einen Schritt nach vorne und erfasste Koljas Hände. Sie betrachteten sich gegenseitig sorgfältig und neugierig. Die Jahrzehnte hatten ihr Äußeres grundlegend verändert. Sie versuchten, vertraute Spuren aus der Vergangenheit in ihren Gesichtern zu entdecken. Lotte sah, dass seine einst blonden Haare weiß geworden waren, doch voll und etwas struppig wie früher seinen Kopf bedeckten. Die blauen Augen jedoch hatten die Jahre – bis auf viele sie umgebende Fältchen und Falten – unverändert überstanden.

Kolja stellte fast genau die gleichen Anzeichen bei Lotte fest. Die Haare waren zwar getönt, doch dies konnte das Weiß ihrer einst goldgelben Haare nicht gänzlich verdecken. Wie seine eigenen, so strahlten auch ihre Augen unverändert blau und wurden ebenso von Fältchen eingerahmt.

So standen sie sich gegenüber, und die Zeit schien stehen geblieben zu sein.

»Mama, was ist hier los?«

Lotte hörte ungläubig, wie ihr erwachsener Sohn sie mit »Mama« ansprach. Seit ewigen Zeiten hatte er sie nicht mehr so genannt. Als sie zu einer Erklärung ansetzen wollte, versagte ihre Stimme, und Tränen schossen ihr in die Augen.

Kolja schluckte und kämpfte gegen eine sich anbahnende Gefühlsregung tapfer an, verlor aber seine Bemühung und Haltung und schluchzte laut auf. Dann nahm er langsam und zögernd Lotte in die Arme, wobei er den Schmerz im linken Arm in diesem Moment kaum spürte. Sie hielten sich fest und konnten immer noch nicht fassen, dass sie sich noch einmal wiedersahen.

Noch in Koljas Armen drehte Lotte den Kopf zu ihrem Sohn und sagte leise, ganz leise: »Er ist dein Vater.«

Als hätte Peter einen Schlag vor den Kopf erhalten, wankte er und setzte sich schwer auf die nächste Bettkante. In seinen Ohren rauschte es. Sein Kreislauf brach fast zusammen, und sein Gesicht war auffallend blass. Durch das Rauschen hörte er die

Stimme seiner Mutter: »Verzeih mir, ich hatte nicht den Mut und die Kraft, es dir früher zu sagen.«

Kolja hatte den Satz nicht verstanden, erriet aber den Inhalt, als er die Reaktion seines Sohnes sah. Er hatte verstanden, dass Lotte ihrem Sohn bisher verschwiegen hatte, wer sein Vater war, und versuchte, sich vorzustellen, welche Gefühle nun in Peter miteinander stritten. Langsam ließ er Lotte los, ging zu seinem Sohn und setzte sich neben ihn auf das Bett. War das wirklich sein Sohn? Dieser Gedanke schoss Kolja unvermittelt durch den Kopf. Den Vergewaltigungsversuch eines seiner Kameraden hatte er verdrängt, vergessen nicht. Hatte ihn Lotte damals die Wahrheit gesagt? Seine Augen ruhten einige Sekunden auf dem Gesicht. Oh, du Ungläubiger rief ihm die innere Stimme zu. Wie kannst du nur zweifeln, schau hin und frage dein Herz. Je länger er ihn ansah, je mehr schalt er sich einen Narren, Lottes Worten nicht geglaubt zu haben. Und er entdeckte in Peters Gesicht immer mehr Ähnlichkeiten von sich und Lotte. Ja, Peter war sein Sohn, unbestritten. Ein unbeschreibliches Glücksgefühl breitete sich in ihm aus.

Peter rückte ein Stück von ihm ab und sah ihn dann von der Seite her verwirrt mit verhaltener Abwehr an. Das also ist mein Vater, dachte er. Meine Mutter hat sich mit einem russischen Soldaten eingelassen. Ich bin zur Hälfte Russe, fuhr es ihm durch den Sinn. Seine Gedanken liefen ungeordnet durcheinander, so dass er aufsprang, zum Fenster lief und seine Stirn gegen die Scheiben presste.

Du musst dich wieder fassen, sagte er zu sich. Was du gehört hast, ist nun mal geschehen und nicht mehr zu ändern. Er richtete sich auf, und sie hörten ihn halblaut flüstern: »Ich denke es ist gut, dass ich jetzt weiß, wer mein Vater ist.«

Lotte hatte unbeweglich und mit hängenden Armen auf die Reaktion ihres Sohnes gewartet. Als sie nun seine Worte hörte, liefen ihr Tränen über das Gesicht. Ein Stein war ihr vom Herzen gefallen.

Dann ging Peter langsam zurück und half Kolja, von der Bettkante aufzustehen. Er gab ihm die Hand und sagte laut und sichtlich gefasst: »Ich freue mich, dich kennenzulernen.« Das Wort Vater konnte er nicht über die Lippen bringen.

Kolja hatte nur einen Teil verstanden, sah aber an Peters Gesichtsausdruck sein Einverständnis zu Lottes Beichte und stieß hervor: »Danke, Peter!« Behutsam legte er die Arme um seinen Sohn. So standen sie einige Minuten schweigend zusammen.

Fast fröhlich – die Erleichterung in ihrer Stimme war unüberhörbar – ließ sich Lotte vernehmen: »Peter, jetzt musst du noch ein Stück Kuchen mehr bestellen.«

Wie aufs Stichwort hin trat eine Stationsschwester ins Zimmer, reichte Kolja den Entlassungsschein und ein großes Kuvert mit den Röntgenaufnahmen. Das Trio verließ das Krankenhaus, und Peter schlug ein bestimmtes Gartenlokal vor, da er wusste, dass es dort außer einem guten Bier auch Kaffee und schmackhaften, selbst gebackenen Kuchen gab.

So mitten in der Woche, und noch vor der Mittagszeit, war das Lokal nur wenig besucht. Sie suchten sich einen windgeschützten Tisch nahe der Hauswand aus. Die Gartenschirme hatte man noch nicht geöffnet, und so genossen sie die wärmenden Sonnenstrahlen. Lotte setzte sich so, dass die Sonne voll auf ihr Gesicht schien, während Peter und Kolja sich lieber die Rücken wärmen ließen.

Auf dem Weg hierher hatte es nur kurze Gespräche gegeben. Nun saßen sie zusammen und würden genug Fragen haben und gespannt auf die Antworten warten. Jetzt zeigte sich, dass Peters gute Kenntnisse der russischen Sprache ein fast reibungsloses Dreiergespräch ermöglichten. Kolja war überglücklich, dass sein Sohn seine Sprache so gut beherrschte, und lobte ihn mehrmals.

Eine der ersten Fragen, die Peter seiner Mutter stellte, war: »Wie habt ihr euch kennengelernt?«

In wenigen Sätzen versuchte Lotte, die lange zurückliegende Erinnerung zusammenzufassen. »Die ganze Geschichte erzähle ich dir später zu Hause. Ich denke, wir sollten Kolja fragen, wie es ihm in den vielen Jahren ergangen ist und ob er Familie hat und so was alles, weißt du?!«

Kolja stand Rede und Antwort.

»So, so«, stellte Peter fest, »dann habe ich also noch eine Halbschwester und einen Halbbruder in Russland.« Ob sie sich freuen würden, ihn zu sehen? Vielleicht wäre es besser, die ganze Angelegenheit nach so vielen Jahren nicht aufzuwirbeln, sondern ruhen zu lassen. Wenn Koljas Frau ahnungslos war, so könnte es für sie einen Schock bedeuten, dachte Peter.

Ähnliche Gedanken gingen auch durch Koljas Gehirn. »Weißt du, Lotte, mein einziger Wunsch im Leben war, dich wiederzusehen und meinen Sohn in Deutschland kennenzulernen. Ich bin so glücklich und dankbar, dass ich euch gefunden habe! Ihr hättet ja in einer anderen Stadt wohnen können, oder wenn du geheiratet hättest, würdest du einen anderen Namen tragen.« Dann fügte er noch leise hinzu: »Meine Familie hat keine Ahnung vom wahren Grund meiner Reise, und das soll auch so bleiben!« Die Bedienung hatte bereits zweimal Kaffee serviert. Kolja war so begeistert von seiner Schwarzwälder Torte, dass er Peter etwas verschämt fragte, ob er noch ein zweites Stück haben könnte. Sein Wunsch wurde ihm mit Freude erfüllt, und Kolja verdrehte theatralisch die Augen, als er die Gabel in den Mund schob.

Allmählich füllten sich die anderen Plätze, denn die Mittagszeit war herangekommen. Auf Peters Frage, ob Kolja auch noch hier zu Mittag essen wolle, schüttelte dieser den Kopf und erklärte, dass er im Hotel sein Essen einnähme. Lotte protestierte sofort energisch und schlug vor, zu ihr nach Hause zu gehen. Sie habe zwar nur einen Linseneintopf, aber der sei sehr lecker.

»Wir müssten das Hotel informieren, dass ich erst später komme. Das Krankenhaus hat mich hoffentlich entschuldigt, aber doppelt hält besser«, gab Kolja zu bedenken.

»Das machen wir von zu Hause aus«, beruhigte ihn Lotte.

In Anbetracht von Koljas Blessuren winkte Peter eine Taxe heran. Koljas Protest ließ er nicht gelten, sondern freute sich zunehmend, seinen Vater zu verwöhnen. Als sie die Treppen zu Lottes Wohnung hinaufstiegen, konnte er es sich nicht verkneifen zu sagen: »So, und jetzt das Ganze noch einmal, aber dieses Mal bitte ohne zu stolpern.«

Kolja grinste. »Selbst ein Beinbruch hätte meine Freude, euch zu sehen, nicht viel gemindert.«

Bald saßen sie im Wohnzimmer am Tisch und ließen sich das Essen schmecken. »Sieht fast aus wie Kascha«, bemerkte Kolja, »aber schmeckt viel besser.« Peter lächelte über den Vergleich seines Vaters zwischen der Linsensuppe und dem russischen Grütze- oder Buchweizenbrei, und Kolja fragte ihn, ob er auch hier wohne.

»Nein«, antwortete Lotte, »Peter wohnt ein paar Häuser weiter.«

Als Kolja wissen wollte, ob er verheiratet sei, antwortete Peter selbst: »Nein, die Richtige war noch nicht dabei, und in meinem Alter wird es immer schwerer, sich einem anderen Menschen anzupassen.«

So redeten und redeten sie, und es kam ihnen vor, als ob die Zeit schneller verginge. Als Peter erwähnte, dass er 1960 in den Ferien mit der FDJ in Moskau war, scherzte Kolja: »Dann hätten wir uns ja schon dort treffen können. Ich hätte nicht so lange auf dich warten müssen, und die lange Reise hätte ich mir auch sparen können.« Alle lachten.

Die Zeiger der Uhr hatten bereits zahlreiche Umdrehungen vollbracht, und als die Dämmerung hereinbrach, drängte Kolja zum Aufbruch.

»Wie lange bleibst du noch in Berlin?«, wollte Lotte wissen.

»Am nächsten Montag fliege ich wieder zurück.«

»Da haben wir noch fast eine Woche Zeit!«, freute sich Lotte.

Peter beharrte darauf, ihn bis zum Hotel zu begleiten, Kolja willigte dankbar ein. Vorher jedoch verabredeten sie sich für den nächsten Tag: Peter würde seinen Vater gegen zehn Uhr vom Hotel abholen.

Als er zurückgekehrt war, besprach er mit Lotte das Programm für den nächsten Tag. »Hast du bemerkt, wie Kolja munter wurde, als er über die Erlebnisse mit seinen Kameraden beim Kampf in den Straßen Berlins erzählte? Wie gerne würde er diesen Weg noch einmal nachvollziehen. Wenn er sich erinnern könnte, von wo er gekommen war, dann könnten wir versuchen, seinen Weg ein zweites Mal zu gehen.«

»Das könnt ihr doch nicht alles laufen«, wandte Lotte ein.

»Ich leihe mir den Wagen von Bernd«, entgegnete Peter. Er ging sofort zum Telefon. Lotte hörte, wie er sich nach einem kurzen Gespräch mehrmals bedankte und schwungvoll den Hörer auflegte.

»Geritzt«, strahlte Peter, »wir können ihn sogar länger behalten, weil Bernd zu einer Schulung nach Leipzig fliegt.« Er verabschiedete sich von seiner Mutter und eilte heimwärts.

Lotte saß noch eine Weile am Küchentisch, stützte den Kopf in die Hände und ließ den Tag noch einmal an sich vorüberziehen. Die Kaffeetasse stand noch halb gefüllt neben ihr, aber auch ohne den Kaffee war sie putzmunter durch die letzten Stunden, die ihr Innerstes tief aufgewühlt hatten. Ab und zu schüttelte sie den Kopf, als könnte sie nicht glauben, dass sie Kolja, ihren Kolja, nach so vielen Jahren wieder in den Armen gehalten hatte.

Was Lotte jedoch am meisten erstaunte, war Peters Reaktion auf die Wahrheit über seinen Vater. In den vielen Jahren hatte sie dieses Thema immer wieder verdrängt, in der Angst, Peter könnte zu heftig negativ reagieren. Ein dankbares Glücksgefühl stieg in ihr hoch, und sie seufzte erleichtert auf. Mein Leben ist so gut wie vorbei, und Koljas wohl ebenso, dachte sie, aber für Peter ist es wichtig, dass er seinen Vater kennengelernt hat.

So saß und dachte Lotte bis tief in die Nacht, ehe ihr die Augen langsam, aber unausweichlich zufielen. Noch im Bett kreisten ihre Gedanken um die Ereignisse des vergangenen Tages.

Peter hatte in aller Frühe den Mercedes bei Bernd abgeholt und stand Punkt zehn Uhr vor dem Hotel. Gut gelaunt und frisch rasiert kam Kolja aus der Eingangstür. Als Peter mit ihm zum Parkplatz ging und ihm sagte, dass sie diesen Wagen für einige Zeit fahren durften, strahlte Kolja über das ganze Gesicht. Auf sein Nachfragen hin berichtete Peter in kurzen Sätzen, dass seine Firma Konkurs angemeldet habe und er dabei sei, sich neue Arbeit zu suchen.

Sie fuhren zu Lotte, um den weiteren Tagesablauf zu besprechen. Als Peter dem Vater seine Idee mitteilte, die damaligen Straßen und Plätze, die Kolja 1945 gesehen haben musste, noch einmal aufzusuchen, sprang Kolja auf und drückte Peter spontan mit seinem gesunden Arm an sich. »Danke! Ich freue mich schon sehr darauf!«

»Von welcher Richtung seid ihr damals nach Berlin marschiert?«, fragte Peter.

»Von Osten natürlich«, grinste Kolja und fügte sogleich hinzu: »Über die Oder bei der großen Stadt, die direkt am Fluss liegt, an der Hauptstraße nach Berlin.«

»Das müsste Küstrin gewesen sein.«

»Ja, so hat sich der Name angehört«, bestätigte Kolja. »Mir fällt noch ein anderer Name ein, der hieß so etwas mit ›Sloff‹.«

Peter und Lotte überlegten angestrengt, welcher Ort das wohl sein könnte. Schließlich ging Peter alle Namen laut durch, die ihm an der Hauptstraße nach Berlin einfielen. Schon beim dritten Ortsnamen rief Kolja: »Ja, so hieß der Ort!« Es war Seelow, der Ort, wo nach dem Krieg ein Museum an die Schlacht erinnert.

»Gut, fangen wir dort an«, schlug Peter vor. »Ich nehme meine Kamera mit, und wenn du sicher bist, einen Ort, eine Straße oder einen Platz wiedererkannt zu haben, machen wir ein Foto.«

Kolja war begeistert von diesem Gedanken. So könnte er doch nach all diesen Jahren seinen Angehörigen die Fotos zu seinen Erzählungen zeigen!

Lotte hatte amüsiert zugehört, wie die beiden Pläne schmiedeten. Doch als Peter sie bat mitzukommen, schüttelte sie lächelnd den Kopf. »Nun geht schon los und grabt weiter in Koljas Vergangenheit. Ich kann ihn gut verstehen, aber mich lasst bitte zu Hause!«

So machten die Männer sich allein auf den Weg nach Seelow. Sie fuhren die Frankfurter Allee in Richtung Osten. Peter hielt unterwegs noch einmal bei einem Supermarkt an und kaufte sicherheitshalber noch zwei Filme für seine Exakta-Kamera. Angespannt schaute Kolja aus dem Wagen, um etwas zu entdecken, woran er sich erinnerte. Ab und an schüttelte er enttäuscht den Kopf. »Alle sieht so anders aus. Ich habe noch nicht ein einziges Gebäude oder einen Platz wiedererkannt.« Urplötzlich schlug sich Kolja mit der flachen Hand vor die Stirn, dass es klatschte. Peter zuckte irritiert zusammen und warf ihm einen kurzen, verwunderten Seitenblick zu.

»Ich bin ein Idiot!«, rief Kolja. »Mein Kamerad Pawel hat für mich viele Straßennamen und Namen von Orten aufgeschrieben, an denen wir entlanggekommen sind. Den Zettel habe ich mitgebracht, aber er liegt im Hotel, weil ich dachte, ich würde die Straßen und Plätze sofort wiedererkennen.«

»Wir fangen in Seelow an, und vielleicht entdeckst du auf der Rückfahrt mehr«, tröstete ihn Peter.

Als sie in Biesdorf an der kleinen Dorfkirche vorbeikamen, rief Kolja erfreut aus: »Ja, hier waren wir, Pawel und ich. Wir mussten weiter vorne, wo gleich eine große Straßenkreuzung kommt, lange unter Beschuss in Deckung liegen bleiben, bis uns endlich unsere Panzer den Weg freigeschossen hatten. Die Kirche konnte ich dadurch lange genug betrachten und mir merken.«

»Na also«, freute sich Peter, »der Anfang wäre gemacht.«

Als sie Seelow durchfuhren, tippte Kolja aufgeregt mit dem Finger gegen das Fenster. »Halt! Ich habe gerade Fahrzeuge unserer Armee entdeckt!«

»Das ist das Museum, das zu Ehren der Sowjetarmee und zum Gedenken an die Schlacht bei Seelow errichtet wurde. Wir werden es auf dem Rückweg besuchen«, beruhigte ihn Peter. »Jetzt sind wir schon so weit gekommen, dass ich denke, wir sollten noch ein Stück weiter bis zur Oder fahren.« Kolja nickte zustimmend. Als sie den Grenzbereich zu Polen erreicht hatten, rief er beim Anblick des Wassers: »Das hier kommt mir alles bekannt vor, der Fluss und die Eisenbahnbrücke dahinten auf der linken Seite!«

Peter fuhr langsam weiter in Richtung Kontrollstelle.

»Da, da rechts, da sehe ich eine Gedenkstätte mit einer unserer Kanonen auf der Mauer. Können wir dorthin fahren?«

»Nein, das geht leider nicht«, bedauerte Peter, »das ist schon Polen, und für Polen musst du als Russe ein Visum haben.«

»Musst du auch ein Visum haben, wenn du nach Polen fährst?«

»Nein, da genügt der Personalausweis oder Pass.«

»Wie sich die Zeiten doch geändert haben«, murrte Kolja, »und wir haben Polen von den Deutschen befreit. Entschuldige, Peter, aber so war es doch.«

Im Grenzbereich wendete Peter den Wagen. Kolja warf noch einen Blick in Richtung Küstrin, konnte aber keine größeren Gebäude entdecken und lehnte sich wieder zurück in den Sitz. »Küstrin habe ich damals nicht gesehen«, erklärte er, »wir lagen ein Stück weiter weg am Fluss, aber als unsere Flugzeuge und die Artillerie die Stadt beschossen haben, sahen wir von ferne den Feuerschein und den Rauch.«

Hinter der Grenzbrücke hielt Peter an und machte zwei Aufnahmen von Kolja mit der Grenze und dem Fluss im Hintergrund.

Sie fuhren zurück nach Seelow und parkten vor dem Museum. Man hatte Schaubilder des Kampfverlaufes, Waffen und Gegenstände der Soldaten sowie viele Fotos der Schlacht ausgestellt. Kolja versuchte vergeblich, Kameraden wiederzuerkennen. Den Oberbefehlshaber Marschall Shukow im Kreis seiner Offiziere hatte er allerdings sofort entdeckt. Auf einem Foto war die von den Pionieren aus Baumstämmen erbaute provisorische Brücke abgebildet. »Die habe ich, so glaube ich jedenfalls, auch noch gesehen«, rief Kolja so laut aus, dass eine Aufsichtsperson misstrauisch näher kam.

»Sie müssen schon entschuldigen«, erklärte Peter, »mein Vater hat die Schlacht bei Seelow mitgemacht und erinnerte sich gerade an diese Brücke.«

Fast ehrfurchtsvoll sah der Mann Kolja an und sagte: »Mein Vater war auch dabei und hat mir davon erzählt. Leider lebt er nicht mehr.«

Peter hatte diese Worte gerade für Kolja übersetzt, als dieser spontan die Hand des jungen Mannes ergriff und drückte. »Ich hoffe, dass es nie wieder Krieg zwischen unseren Völkern geben wird.«

Der Angesprochene bedankte sich. »Ich bin stolz darauf, einen Soldaten von damals getroffen zu haben.«

Peter gab ihm die Kamera und bat ihn, ein Foto von ihm und seinem Vater vor der großen Landkarte zu machen. Dann zog er seinen Vater am Arm: »Komm, wir sehen uns noch die Fahrzeuge auf dem Freigelände, das große Ehrenmal und die Grabsteine an.«

Kolja schritt die Reihen der Gräber ab, las die Inschriften, stieg die Stufen zum Denkmal empor und rief seinem Sohn zu: »Bitte mach ein Foto!« Peter erfüllte seinen Wunsch. Ein weiteres Bild nahm er von Kolja bei den Fahrzeugen auf. Peter musste schmunzeln, weil sein Vater gebeten hatte, ihn möglichst so zu fotografieren, dass man das Pflaster an seinem Kopf nicht sehen konnte.

Danach traten sie die Heimfahrt an. Das Foto mit der kleinen Kirche in Biesdorf und mit Kolja im Vordergrund ergänzte die Ausbeute.

Am Alexanderplatz sagte Kolja: »Weißt du, an diesen Platz kann ich mich auch noch schwach erinnern. Jetzt aber sieht hier alles so ganz anders aus, dass ich wirklich nicht weiß, wohin ich damals von hier aus weitergelaufen bin. Kannst du morgen noch einmal mit mir die Gegend abfahren? Ich nehme dann sicherheitshalber die Aufzeichnungen von Pawel mit, dann finden wir sicher etwas wieder, was ich kenne.«

»Ja, das werden wir machen«, stimmte sein Sohn zu.

Lotte erwartete sie mit einem starken Kaffee und selbst gebackenem Streuselkuchen mit Puddingfüllung. Beide Männer waren hungrig und stürzten sich erfreut auf die leckeren Kuchenstücke. Kolja behauptete, dass seine leichten Kopfschmerzen dank des Kaffees wie weggeblasen wären, und Peter berichtete, ab und zu kauend, von ihren Erlebnissen.

Sie saßen noch eine gute Weile zusammen, ehe Peter seinen Vater zum Hotel zurückbrachte. Kolja ging sofort in sein Zimmer, um sich etwas auszuruhen. Sie waren zwar nicht viel gelaufen, aber alles zusammen hatte ihn doch sehr ermüdet. Um das Abendessen nicht zu verpassen, stellte er sich sicherheitshalber den Wecker. Dann schlief er ein.

Am nächsten Morgen fuhren sie fast dieselbe Strecke entlang, die der Besichtigungsbus genommen hatte. Kolja hatte Peter den Zettel mit den Namen gegeben. »Spittelmarkt«, las dieser, hielt an und fragte: »Erkennst du etwas wieder?«

Kolja sah sich gründlich um und schüttelte bedauernd den Kopf. »Nein, nichts, alles ist heute so fremd.«

Von der Leipziger Straße bog Peter in die Friedrichstraße ein.

»Fast alle Häuser sind neu«, ließ sich Kolja vernehmen. »Wie soll ich mich dabei an etwas erinnern?«

Als der Wagen die Straße Unter den Linden kreuzte, zeigte Peter nach links, wo das Brandenburger Tor in der Ferne zu sehen war. Kolja nickte und erklärte, dass er bereits mit dem Rundfahrtbus dort gewesen war. Im gleichen Atemzug jedoch rief er aus: »Halt, hier bin ich gewesen! Ich erkenne ein paar alte Gebäude an der Ecke links.«

»Hier kann ich nicht halten«, entgegnete Peter. »Wir fahren noch ein Stück die Friedrichstraße entlang bis zum S-Bahnhof, da können wir parken.«

Auf Koljas Zettel stand »Friedrichstraße« und auf Russisch dahinter »Bahnhof«. Kolja wurde ganz aufgeregt. Noch ehe sie am Bahnhof angekommen waren, rief er: »Hier, hier standen Straßenbahnwagen quer über die Straße, und hier bekamen wir ganz kräftige Gegenwehr von den Deutschen. Unsere Panzer mussten auch in diesem Fall erst die Straße freimachen.« Sie parkten und stiegen aus. »Den Bahnhof erkenne ich auch wieder. Ein Stück weiter zurück saßen Pawel und ich eine ganze Weile fest, denn der Bahnhof wurde besonders hartnäckig verteidigt. Bitte mach ein Foto von dem Bahnhof und mir.« Sie liefen ein Stück weiter und standen kurz darauf am Spreeufer. »Fluss Spree« stand auf Pawels Zettel.

»An den Fluss erinnere ich mich noch genau«, fuhr Kolja fort. »Etwas weiter links müsste der Reichstag sein. Da, ich sehe ihn bereits. Zuerst hieß es, wir sollten uns am Ufer entlang bis zum Reichstag vorkämpfen, aber dann wurde der Befehl widerrufen, und wir wurden zurück in östlicher Richtung abgezogen.« Dann erzählte Kolja, dass ein Mitreisender Fotos von ihm am Brandenburger Tor und am Reichstag gemacht hatte.

»Kannst du mit mir noch einmal diese Orte abfahren und Bilder machen?«, bat Kolja. »Wer weiß, ob ich die Fotos von dem anderen erhalte. Mir ist es sicherer, wenn du für mich die Bilder machst.« Sie fuhren zur Straße des 17. Juni und fanden einen Parkplatz auf dem Mittelstreifen. Zuerst wurden Fotos von Kolja und dem Brandenburger Tor geknipst. Dann folgten Aufnahmen am Reichstag und sogar am Russischen Ehrenmal, das Kolja bei der Busfahrt ausgelassen hatte. Sie waren so eifrig bei der Sache, dass Peter seinem Vater vorschlug, noch zum Kurfürstendamm zu fahren. Hier war nach dem Krieg das Zentrum im für Kultur, für Amüsement, für elegante Geschäfte im Westsektor gewesen, und es war noch heute der Treffpunkt der Berlin-Touristen.

Im Europacenter saßen sie im Restaurant Mövenpick bei Kuchen und Kaffee und blickten auf das bunte Treiben auf dem Breitscheidplatz. Peter bat den Kellner, ein Foto von Kolja und ihm zu machen. Der willigte gerne ein, denn diese Bitte wurde oft von Touristen geäußert. Er gab sich sichtlich Mühe mit den zwei Aufnahmen. Kolja sah wieder aus dem Fenster und nuschelte mit etwas Kuchen im Mund: »Ja, ich erinnere mich, diese Straße, die Kirche und das alles habe ich schon in Reportagen aus Berlin im Fernsehen gesehen. Hier war ich sicher nicht, aber ein paar Fotos von dieser Stelle wären zur Erinnerung ganz schön.«

Sie liefen den Kurfürstendamm hoch bis zur Uhlandstraße, besahen sich die Auslagen der Nobelgeschäfte und schlenderten auf der anderen Seite zurück zum Parkhaus. Als Kolja erklärte, dass er sich durchgerungen hätte, noch einen Bildband oder zwei zu kaufen, schlug Peter vor, vor dem Verlassen des Parkhauses in die Touristeninformation zu gehen, die sich im Hause befand. Kolja durchsuchte das Bücherangebot. Als Peter sah, dass er mehrmals in seinem Portemonnaie das Geld durchzählte, bot er sich an, wenigstens einen guten Bildband zu bezahlen.

»Danke«, freute sich Kolja, »dann bringe ich, wie versprochen, für Pawel den anderen Band mit. Er hat ihn sich verdient.« Er konnte sich nicht zurückhalten und kaufte ein paar kleine Souvenirs für seine Frau und seine Kinder. Nun waren seine eingetauschten D-Mark fast aufgebraucht, und er war froh, dass Peter ihn so unterstützte. Mit dem Aufzug fuhren sie in die Parketage. Als Kolja sah, wie hoch die Parkgebühr war, packte ihn fast ein schlechtes Gewissen.

»Von diesem Geld muss manche Familie bei uns eine Woche, wenn nicht länger leben«, berichtete er mit finsterer Miene. »Und wir sind doch die Sieger«, fuhr er bitter fort. »Manchmal zweifele ich daran.«

Sie fuhren in Richtung Pankow. Kolja sah aus dem Fenster und stellte fest, dass er deutlich den Unterschied zwischen dem Ost- und dem Westteil der Stadt bemerkt hatte, ohne zu wissen, wo einst die Mauer gestanden hatte. »Alles sieht im Westteil heller und gepflegter aus«, meinte er, »und auch die typischen sozialistischen Plattenbauten fehlen. Die Mauer kenne ich aus Berichten des Fernsehens«, fuhr Kolja fort, »aber den Wunsch, sie oder die Reste davon zu sehen, habe ich wirklich nicht. Außerdem wird sie sicher in den Berlinbüchern abgebildet sein. Weißt du, Peter, ich bin ein wenig müde und spüre meine alten Knochen vom vielen Laufen. Bitte fahr mich zum Hotel, und grüße Lotte ganz herzlich von mir. Morgen möchte ich den Tag bei euch verbringen, wenn du nichts dagegen hast.«

Der nächste Morgen zeigte sich mit bedecktem Himmel, aus dem sicher bald ein paar Regentropfen fallen würden. Wie versprochen hatte Peter seinen Vater abgeholt, und nun saßen sie in Lottes Wohnzimmer zusammen. Draußen rauschte der erwartete Schauer nieder, und sie beschlossen, mit dem geplanten Spaziergang in der näheren Umgebung zu warten, bis es aufhörte zu regnen. Da erinnerte sich Peter, dass heute am 9. Mai die üblichen Kranzniederlegungen zum Sieg über Deutschland am Ehrenmal an der Straße des 17. Juni und in Treptow stattfinden würden. Auf seine Frage, ob Kolja sich dieses Schauspiel ansehen möchte, winkte dieser ab: »Nichts kann wichtiger sein als unser heutiges Zusammensein.«

Peter hatte bemerkt, wie oft sich Lotte und Kolja schweigend in die Augen sahen, und begriffen, dass die Erinnerung an längst vergangene gemeinsame Tage noch lange nicht vergessen war. Als der Regen aufgehört hatte und die ersten Sonnenstrahlen sich einen Weg durch die Wolken bahnten, drängte Lotte zum Aufbruch. »Weißt du«, wandte sich Peter an seine Mutter, »geht ihr doch alleine. Mir fällt gerade ein, dass ich noch etwas zu erledigen habe.«

»Danke«, erwiderte sie, und Kolja nickte zum Einverständnis. So begaben sich die beiden in Richtung Bahngelände, an den Ort, wo sie zusammen ihre schönsten Stunden verbracht hatten. Das Tor, durch das sie damals hineingegangen waren, war verschlossen. Eine dicke Eisenkette war durch die rostigen, schief in den Angeln hängenden Torflügel geschlungen.

»Schade«, sagte Lotte, »ich wäre gerne noch einmal auf dem Gelände spazieren gegangen.«

Kolja verstand und deutete den Zaun entlang mit einer Geste, die besagte, dass sie vielleicht woanders Einlass fänden.

Sie hatten Glück. Nicht weit vom Tor entfernt hatte man den Zaun aufgebogen. Sie sahen sich etwas unsicher um. Ob sie es wagen sollten, auf diese Weise das Gelände zu betreten? Schließlich nickte Kolja aufmunternd und bog das Zaungeflecht noch etwas mehr zur Seite, so dass Lotte recht bequem hindurchschlüpfen konnte. Er folgte ihr und hielt sich den vom

Sturz verletzten Arm. Als sie sich durch die hinter dem Zaun wachsenden Büsche hindurchgezwängt hatten, lag das Bahngelände vor ihnen.

Es wirkte leer, weitläufig und fremd. Dann fiel ihnen auf, dass kaum Waggons auf den Gleisen standen. Gebäude, an die sie sich noch erinnern konnten, fehlten.

Kolja legte wie selbstverständlich den gesunden Arm um Lottes Schulter. So liefen sie in Richtung der ehemaligen Armeeküche. Schon von weitem sahen sie, dass alle Scheiben des Gebäudes eingeschlagen waren und Graffiti die Mauern bedeckten. Die Eingangstür bestand nur noch aus einem Flügel, und als sie zaghaft hineingingen, erkannten sie kaum etwas wieder. Von der Kücheneinrichtung war keine Spur mehr zu entdecken, nur einer der großen Kochkessel stand, mit Unrat und fauligem Wasser angefüllt, auf seinem Sockel.

»Lass uns gehen«, sagte Kolja. Lotte verstand. Unter ihren Schritten knirschten die Glasscherben. Draußen holten sie erst einmal tief Luft. Kolja hielt Lotte am Arm fest und deutete an, sich auf eine altersschwache Bank zu setzen, die an der Mauer neben dem Eingang stand. Einige Holzplanken fehlten bereits. Die Sonne hatte die verbliebene Fläche genügend getrocknet, dass Lotte sich unbesorgt setzen konnte. Kolja nahm neben ihr Platz. Lotte schaute ihn erwartungsvoll an.

Etwas unbeholfen knöpfte Kolja seine Jacke auf und holte mit dem gesunden Arm etwas hervor, darauf bedacht, dass Lotte es nicht gleich sah. Dann öffnete er die Hand und hielt sie Lotte hin.

»Du hast die Mundharmonika mitgebracht!«, entfuhr es ihr überrascht.

Kolja antwortete nicht, sondern setzte das Instrument an die Lippen und spielte, mit einigen Fehltönen, die Lieder, die er ihr vor Jahrzehnten gespielt hatte. Sie rückte näher, legte den Kopf an seine Schulter und schloss die Augen. Als die letzte Melodie verklungen war, küsste sie ihn auf die Wange, und ihre Augen strahlten in diesem Augenblick so jung wie früher. »Danke, mein Kolja.«

Er verstand, was sie sagte. Kolja steckte die Mundharmonika ein und sah sie an. Dann lächelte er verschmitzt, griff noch einmal in seine Jacke und zog ein kleines, in Geschenkpapier eingewickeltes Päckchen hervor. Auf der flachen Hand hielt er es ihr hin und sagte auf Deutsch: »Für dich.«

Sie nahm es zögernd entgegen. »Danke, lieber Kolja.« Erst wollte sie es ungeöffnet einstecken, aber sein erwartungsvoller Gesichtsausdruck zeigte, dass sie es auspacken sollte, und so öffnete sie das Papier. Lotte strahlte über das ganze Gesicht, als sie das Parfümfläschchen in der Hand hielt, und sprühte sich sofort ein wenig Maroussia auf das innere Handgelenk. Sie atmete den schweren, süßlichen Geruch ein, nahm Kolja in den Arm und küsste ihn dankbar.

Kolja suchte nach Worten. »Früher, nach Krieg, ich hätte dir geben wollen.«

Sie lächelte. »Es ist heute auch ein guter Tag dafür.« Dann zog sie Kolja in die Richtung, wo früher »ihr« Eisenbahnwaggon gestanden hatten.

Da sie sich nicht sicher waren, ob sie Ärger bekämen, wenn man sie entdeckte, liefen sie dicht an den Büschen entlang. Die Sonne hatte die letzten Regenwolken aufgefressen, und eine dampfende Wärme stieg vom Boden auf. An den Weidenbüschen waren die Kätzchen bereits verblüht, und keine Biene suchte hier nach Nahrung wie noch vor einigen Wochen. Gerade als sie ihre Deckung an den Büschen verließen, um quer über die Gleise zu den in der Ferne gesichteten Waggons zu laufen, rief eine Männerstimme laut und barsch: »Hallo, Sie da, was haben Sie hier zu suchen? Das ist Bahngelände.«

Kolja schrak sichtlich mehr zusammen als Lotte. Vielleicht war es ein Zufall, oder man hatte das Mundharmonikaspiel gehört, jedenfalls sahen sie, wie hinter einem Schuppen ein Mann in der typischen Eisenbahneruniform hervorkam und sich langsam näherte. Er musterte er die beiden Eindringlinge, um dann verblüfft festzustellen: »Kinder, Halbstarke und Pennbrüder habe ich hier schon getroffen, aber ein Pärchen wie Sie im fortgeschrittenen Rentenalter, das ist neu. Was wollen Sie hier? Bitte verlassen Sie sofort das Gelände.«

Als Lotte die Hand hob, um anzuzeigen, dass sie etwas sagen wollte, hielt er inne in seiner Rede. Lotte fasste sich ein Herz und erzählte in Kurzform ihre Geschichte, die sich in der Nachkriegszeit hier abgespielt hatte.

Die Augen des Bahners waren vor Erstaunen immer größer geworden. Als Lotte mit ihrer Geschichte zu Ende war, sagte er: »Also, wenn ich das meiner Frau erzähle, glaubt sie mir sicher kein Wort. Wie Sie sagten, wollten Sie dort drüben zu den alten Güterwagen gehen. Ich werde Sie begleiten.«

Kolja hatte der Unterhaltung gelauscht, ohne etwas zu verstehen. Ab und zu hatte er ein freundliches Grinsen aufgesetzt, denn das konnte nie falsch sein. Das Trio lief dann zu den Reihen der Güterwaggons. Nach kurzer Zeit der Betrachtung waren sich Lotte und Kolja einig, dass die Waggons neuer und anders aussahen und dass ihre Begleitung mehr als störte. Lotte bedankte sich für das Verständnis und fragte, wo sie nun das Gelände verlassen könnten.

»Ich weiß zwar nicht, wie Sie hereingekommen sind, aber jetzt dürfen Sie ganz offiziell das Gelände verlassen«, sprach der Mann, führte sie zu einer kleinen Blechtür neben dem großen Einfahrtstor, schloss auf, wünschte ihnen alles Gute und entließ sie auf die Straße.

Da standen sie nun ernüchtert und hatten verstanden, dass die Vergangenheit nicht wiederbelebt werden konnte. Es waren zu viele Jahre und zu viele Ereignisse, die dies unmöglich machten. Sie konnten die Zeit nicht einfach zurückdrehen. Bleiben würden ihre Erinnerungen an Orte, Begegnungen, Gefühle und Ereignisse, die mit heute und hier kaum mehr zusammenpassten.

So standen sie vor der Blechtür. Kolja ergriff Lottes Hände und sah ihr in die Augen, die immer noch so erwartungsvoll blicken konnten. »Es war gut, hier gewesen zu sein, und es war mein Wunsch, dich wiederzusehen. Jetzt schließe ich diesen Teil meines Lebens mit Dankbarkeit und Zufriedenheit.«

Lotte hatte nicht verstanden, aber daran, wie er die Sätze gesprochen hatte, ahnte sie den Inhalt. Sie drückte ihn an sich. »Ich glaube, ich weiß, was du gesagt hast, und ich danke dir für den weiten Weg, den du auf dich genommen hast, um mich noch einmal zu sehen, lieber Kolja.« Bei den letzten Worten konnte sie nicht verhindern, dass ihre Augen feucht wurden und ein paar Tränen die Wangen herunterliefen. Es war ein gegenseitiges Verstehen ohne Sprache, genau so, wie es damals gewesen war.

Langsam bummelten sie die ihnen vertrauten Straßen entlang, bis sie wieder vor Lottes Haus standen.

»Komm«, forderte Lotte ihren Kolja auf, »ich habe richtig Hunger bekommen. Wir werden jetzt zu Mittag essen.«

Kolja zögerte einen Moment, da er an das Essen im Hotel dachte, dann nickte er zustimmend.

Lotte hatte am Vorabend Kohlrouladen zubereitet, die sie nur noch in der Soße aufwärmen musste. Die Kartoffeln lagen bereits geschält im Wasser. Eine halbe Stunde später brachte sie das Essen ins Wohnzimmer.

»Golubzi«, rief Kolja erfreut aus und strahlte über das ganze Gesicht.

»Macht ihr auch Kohlrouladen?«, fragte Lotte.

Kolja verstand und nickte. Dann zeigte er auf die Teller und fragte: »In Deutsch?«

»Kohlrouladen«, wiederholte Lotte ganz langsam.

»Langes Wort, schwer!« Kolja lachte. Beim Essen kam so etwas wie eine familiäre Stimmung auf. Kolja langte tüchtig zu, und Lotte freute sich, dass es ihm so gut schmeckte. Als kein Happen mehr hineingehen wollte, seufzte Kolja satt und zufrieden: »Serr gutt, danke!« Lotte räumte ab, und Kolja machte es sich in einem Sessel bequem, bis sie zurückkehrte. Sie zwinkerte Kolja zu und öffnete eine Tür der Schrankwand. Kolja beobachtete sie erwartungsvoll. Es klirrte leise, und als sie sich umdrehte, hatte sie in einer Hand eine Flasche und in der anderen zwei Gläser. Sie stellte alles auf den Tisch, lief noch einmal zum Schrank und holte eine zweite Flasche heraus. Kolja grinste.

»Nein, nicht beide Flaschen«, erklärte Lotte. Sie zeigte auf die erste, auf deren Etikett ein Jäger, Tannen und Kräuter abgebildet waren. Danach zeigte sie auf ihren Magen und sagte: »Sehr gut nach dem Essen!«

Die Flüssigkeit in der zweiten Flasche war wasserhell. Kolja deutete darauf und fragte: »Wodka?«

»Ja, deutscher Wodka.« Wie anders hätte Lotte den Doppelkorn bezeichnen sollen? Kolja zeigte erneut darauf und sagte: »Bitte.«

Lotte schenkte sein Glas voll ein und wartete.»Du trinken«, forderte Kolja Lotte auf und wartete, bis sie sich ein halbes Glas vom Kräuterlikör eingegossen hatte.

»Na Sdarowje!«, rief Kolja und hob sein Glas in Richtung Lotte.

»Prost!«, erwiderte Lotte, und beide lachten und tranken.

»Wie schmeckt dir unser Wodka?«, fragte Lotte erwartungsvoll.

»Serr gutt.« Kolja zeigte auf die dunkle Flasche und hielt Lotte sein Glas hin. Sie schenkte den Kräuterlikör ein und wartete wiederum gespannt auf Koljas Reaktion. Als er ihr bedeutete mitzutrinken, schüttelte Lotte den Kopf. »Langsam, etwas später.«

Er verstand und nippte vorsichtig am Glas. Wieder begann sein Gesicht zu strahlen. »Riga Balsam bei uns!« Er setzte sein Glas ab und sah Lotte an. »Jetzt reden, aber Sprache serr schwer, entschuldigen bitte!«

»Ich verstehe, was du sagst«, ermunterte Lotte ihren Gast, »du hast gut gelernt.«

Er wiegte den Kopf etwas zweifelnd von einer Seite zur anderen. Doch dann nickte er und begann bruchstückhaft, oft nur Hauptworte aneinanderreihend, zu erzählen. So erfuhr Lotte einen großen Teil aus Koljas Leben. Sie hatte sich ein zweites Glas eingeschenkt, und Kolja bediente sich wie selbstverständlich vom Doppelkorn. Lotte erzählte ebenfalls aus ihrem Leben, merkte aber schnell, dass Kolja Deutsch eher sprechen als verstehen konnte. Doch nichts hinderte die beiden daran, miteinander zu reden, mit Gesten das Gesagte zu unterstreichen und zu glauben, sie hätten alles verstanden. Bald überzog Röte ihre Gesichter, und ab und zu redeten sie gleichzeitig aufeinander ein. Selbst wenn sie aneinander vorbeiredeten und nicht wirklich begriffen, was der andere gemeint hatte, verstanden sie sich, durch den Alkohol gefördert, ausgesprochen gut.

In einer kurzen erschöpften Redepause rief Kolja spontan: »Lotte, Kaffee, bitte!«

»Gute Idee von dir«, stellte Lotte fest und eilte leicht schwankend in Richtung Küche.

Das Schrillen der Türklingel ließ Kolja zusammenfahren.

»Entschuldige bitte, ich habe den Schlüssel vergessen.« Als Peter ins Zimmer trat, winkte ihn Kolja erfreut zu sich, deutete auf die Flaschen und sagte: »Du musst mit uns trinken, es ist mein letzter Tag in Berlin.« Lotte hatte nicht genau verstanden, was Kolja zu Peter gesagt hatte, doch dieser übersetzte den Satz für seine Mutter.

Daran hatte Lotte nicht gedacht. Sein letzter Tag in Berlin, ging es ihr durch den Kopf. Vielleicht hat er deshalb ein Glas mehr getrunken. Nun, wenn das nicht mehr zu ändern ist, so wollen wir den Abschied feiern. »Ich wollte in diesem Moment in die Küche gehen und Kaffee machen, aber jetzt lasst uns vorher noch ein Glas auf die letzten Tage trinken, die mir so viel gegeben haben.«

Peter holte sich ein Glas aus dem Schrank und zeigte auf die Doppelkornflasche. Lotte und Kolja nickten zustimmend. Kolja hob sein gefülltes Glas und sagte zu Peter gewandt: »Ich danke Gott für die

Tage, die ich hier sein durfte. Mein Wunsch, deine Mutter noch einmal zu sehen, hat sich erfüllt, und ich fahre voller Glück und mit großer Zufriedenheit im Herzen zurück in meine Heimat.«

Peter übersetzte. Lotte sah Kolja in die Augen und antwortete leise: »Und du sollst wissen, dass ich in den vielen Jahren oft an dich gedacht habe. Wir wären sicher eine glückliche Familie geworden, wenn es uns die damalige Zeit gestattet hätte. Von ganzem Herzen danke ich dir für deinen Wunsch, mich noch einmal sehen zu wollen.« Ihre Hände näherten sich einander auf der Tischplatte, bis sie sich berührten. Dann hielten sich die beiden noch ein letztes Mal wortlos und voller Verstehen fest.

Peters leises Hüsteln brachte sie abrupt zurück in die Wirklichkeit. »Kannst du uns jetzt bitte Kaffee machen?«

Lotte eilte in die Küche, und Peter war sich sicher, dass sie dort ein paar Tränen vergießen würde. So saßen sich Vater und Sohn allein und ungestört gegenüber und betrachteten sich noch einmal mit einer gewissen Neugier.

Doch, ja, dachte Peter wieder, mit diesem Vater hätte ich es sicher aushalten können.

Koljas Gedanken waren ähnlich: Ja, diesen Sohn, glaube ich, liebe ich jetzt schon so sehr wie meinen Michael.

Ihre gegenseitigen stummen Betrachtungen wurden durch Lotte unterbrochen. »Der Kaffee läuft schon durch! Es dauert nur noch ein paar Minuten.«

Da sprang Peter auf, lief in den Korridor und holte etwas aus seiner Jacke. »Hier hast du deine Fotos, Kolja. Deine Familie wird sicher gerne sehen, wo du warst.«

Lotte brachte den Kaffee und einige Stückchen Kuchen, die sie morgens vom Bäcker geholt hatte.

»Ich denke, der Kaffee wird uns leider wieder etwas nüchterner machen. Dann werden wir an den Abschied denken und noch trauriger werden«, bemerkte Kolja mit schwerer Zunge. Obwohl der Kaffee bereits eingeschenkt war, griff Kolja noch einmal zur Flasche, goss sein Glas randvoll, hob es hoch und sagte mit fast feierlicher Stimme: »Auf dass uns Gott noch viele gesunde Jahre schenken möge!«

Peter übersetzte, und einvernehmlich hoben er und seine Mutter ihre Kaffeetassen und bestätigten diesen Wunsch. Sie gingen noch einmal die Ereignisse der letzten Tage durch, und als Lotte einige viele Jahre zurückliegende Einzelheiten aus ihrer und Koljas gemeinsamer Zeit nach dem Krieg übersetzen ließ, verstand Peter voller Erstaunen und Rührung, wie sehr sich die beiden geliebt hatten.

Es dunkelte langsam. »Jetzt, wo es so schön mit uns zusammen ist, jetzt müssen wir uns trennen und diesen Augenblick im Gedächtnis bewahren.« Etwas mühsam erhob sich Kolja, wehrte Peters Bemühen, ihm zu helfen, lächelnd ab und tappte in den Korridor.

»Kommst du mit zum Hotel?«, fragte Peter seine Mutter.

»Nein, bitte lasst mich hier, ich möchte nicht vor allen Hotelgästen losheulen. Wenn ihr fort seid, kann ich mich gehen lassen.«

Als die beiden Männer bereit zum Aufbruch waren, sprang Lotte von ihrem Stuhl auf, rannte an Peter vorbei, umarmte Kolja blitzschnell, und ehe er sich versah, küsste sie ihn auf den Mund. Dann rannte sie wortlos wieder ins Zimmer zurück und warf die Tür hinter sich zu.

»So, jetzt sollten wir wohl gehen.« Peter schob den etwas verwirrt aussehenden Kolja aus der Wohnungstür. Kolja saß leicht zusammengesunken im Auto und starrte auf das Armaturenbrett. Wer weiß, was jetzt in seinem Kopf vorgeht, dachte Peter. Er parkte den Wagen auf einem der für Hotelgäste reservierten Plätze und begleitete Kolja auf das Zimmer.

Nun standen sich Vater und Sohn ein letztes Mal gegenüber. In beiden Gesichtern zuckte es, doch sie ließen ihren Gefühlen keinen freien Lauf. Kolja reichte Peter seine Hände. »Auf Wiedersehen, mein Sohn, ich werde dich nie vergessen. Ich wünsche dir ein langes Leben.«

Dann umarmten sie sich, und Peter sagte leise in Koljas Ohr: »Danke, dass du mich von meinem Zweifel, wer mein Vater ist, befreit hast. Ich wünsche dir noch viele gesunde Jahre im Kreise deiner Familie und einen glücklichen Heimweg.« Ohne sich noch einmal umzudrehen, winkte er mit der Hand ein letztes Lebewohl, bevor die Tür ins Schloss klappte.

Kolja setzte sich auf die Bettkante. Er wischte sich mit der Hand über die Augen. Schläfrigkeit überfiel ihn schlagartig. Er ließ sich langsam auf das Bett gleiten, zog die Beine nach und war sofort eingeschlafen.

Er träumte heftig und durcheinander. Da war sie wieder, die russische Artillerie: Wumm, wumm, wumm! Es dröhnte immer heftiger in seinem Kopf. Das Wummern wurde so laut und bedrohlich, dass sich Kolja unruhig hin und her wälzte und schließlich schlaftrunken emporfuhr.

Gott sei Dank, es war nur ein Traum, ging es ihm voller Erleichterung durch den Kopf. Doch im gleichen Moment hörte er es wieder, das Geräusch. Es kam von der Tür her. Im Zimmer war es stockdunkel. Tok, tok, tok, klopfte es. Dann rief eine Stimme: »Hallo, sind Sie da?« Kolja ertastete den Schalter der Nachttischlampe und knipste sie an. »Ja, ich komme schon«, murmelte er und schlurfte zur Tür.

Andrei stand vor ihm. »Als ich heute Abend von meinen Bekannten aus Wünsdorf zurückkam, habe ich Sie nicht beim Abendessen gesehen und mir Sorgen gemacht. Entschuldigung, dass ich Sie geweckt habe, aber da der Bus zum Flugplatz sehr früh, so gegen acht Uhr abfährt, wollte ich nur sehen, ob Sie reisefertig sind.«

Kolja sah auf seine Armbanduhr. Es war kurz nach einundzwanzig Uhr. »Danke, mein Freund. Mein Tag war so anstrengend, dass ich vielleicht die Abfahrt verschlafen hätte. Ich wünsche Ihnen eine gute Nacht, und nochmals danke.«

Rückkehr

Am nächsten Morgen ging es etwas hektisch zu. Er schaffte es gerade noch, ein Brötchen zu essen und eine Tasse Kaffee zu trinken, ehe die Reiseleiterin zum Aufbruch drängte. Im Bus sahen sie sich alle wieder, die Einkaufstouristen und die Reisenden, die Bekannte besucht hatten. Er setzte sich neben den Andrej. »Wie war es in Wünsdorf bei Ihren Bekannten?«

Kolja erfuhr nach so vielen Jahren eine Menge unbekannter Details über das ehemalige Hauptquartier der sowjetischen Streitkräfte in Deutschland. Andrej berichtete von der gewaltigen logistischen Leistung, rund fünfhunderttausend Soldaten, Tausende von Offiziersfamilien und das gesamte Kriegsmaterial in kurzer Zeit nach Russland zurückzuführen. Er erzählte, dass er und seine Familie nach der Rückkehr keine der versprochenen Wohnungen erhalten hatte. Sie waren deshalb gezwungen, Zuflucht bei der Schwester seiner Frau zu suchen. Nun lebten sie weit von seinem Heimatort entfernt in Ufa, der Hauptstadt der tatarischen Republik Baschkortostan, wo es ihnen sehr schwer fiel, sich einzugewöhnen.

Generaloberst Burlakow selbst hatte die Situation, in der sich seine Soldaten nach der Rückkehr befanden, mehrfach scharf kritisiert. »Doch wie man weiß, hat Russlands Führung noch nie Rücksicht auf seine Menschen genommen«, sagte Andrej.

In Schönefeld wurde die Reisegruppe zügig abgefertigt. Kolja hatte im Flugzeug seinen Platz mit einem anderen Passagier getauscht, so dass er erneut neben Andrej sitzen und die unterbrochene Unterhaltung wieder aufnehmen konnte. Erstaunt blickten die beiden Männer auf, als eine Durchsage sie aufforderte, sich für die Landung anzuschnallen und das Rauchen einzustellen.

Voller Freude entdeckte Kolja seinen Sohn und seine Schwiegertochter Larissa, die mit einem prächtigen Blumenstrauß auf ihn warteten. »Willkommen zu Hause!«, rief Michael bereits aus großer Entfernung, und Larissa fügte hinzu: »Wir sind froh, dass du gesund und munter wieder bei uns bist.« Auf der Heimfahrt wurde Kolja nach seinen Eindrücken und Erlebnissen befragt. Er berichtete nur kurz von seinen Ausflügen. »Wartet ab, bis ich euch die Fotos zeigen kann. Dann versteht ihr noch viel besser, was ich gesehen und erlebt habe.«

Als sie sich seinem Häuschen näherten, kam die Hündin Leika aus der offenen Gartentür gestürmt und rannte jaulend und freudig kläffend dem Auto entgegen. Kolja war gerührt und streichelte das Tier.

»Und was ist mit mir?«, ertönte es leicht vorwurfsvoll von der Haustür her.

Kolja schloss sein Frauchen lachend in die Arme und sagte verschmitzt: »Den Hund habe ich ja nur gestreichelt, aber dich, mein Täubchen, küsse ich.« Mit diesen Worten gab ihr einen kräftigen Schmatzer auf den Mund. Da sah sie sein Pflaster zwischen den Haaren und fragte erschreckt, was er da gemacht hätte. In zwei, drei Sätzen erklärte Kolja das

Pflaster und seinen lädierten Arm mit einem Sturz auf der Hoteltreppe, und Elena gab sich damit zufrieden.

Beim Betreten des Hauses hob Kolja schnuppernd die Nase. »Jetzt bin ich wieder zu Hause! Wie habe ich diesen Geruch von frischen Blini und Borschtsch vermisst.« Er ließ sich Elenas Köstlichkeiten schmecken. Einen Wodka zwischendurch, Tee und Gebäck zum Abschluss, und Kolja schwebte im siebten Himmel.

Nun war es Zeit für die mitgebrachten kleinen Geschenke und Souvenirs. Für seine Frau, für seine Tochter Mascha und für seine Schwiegertochter Larissa hatte Kolja kleine Fläschchen Eau de Toilette gekauft. Michael freute sich über einen Berliner Plüschbären, den er an den Rückspiegel seines Wagens hängen würde, wie er sagte, und dankte sehr herzlich für den informativen Bildband. Enkel Juri bekam einen großen Stoffbären. Kolja hatte noch einige Kugelschreiber mit Werbeaufdruck, zwei Werbefeuerzeuge und einen Berlin-Aufkleber umsonst erhalten, die er verteilte. Die Mitbringsel für Mascha, Ilja und Nina wollte Kolja in den nächsten Tagen abschicken. Schließlich stellte er zwei große Tassen auf den Tisch. »Suche dir eine aus«, forderte er seine Frau auf.

Sie nahm die Tasse mit dem Berliner Bären und dem Aufdruck: »Berlin bleibt Berlin!« Die andere Tasse zeigte den Grundriss der Stadt mit der Einteilung in die vier ehemaligen Besatzungszonen sowie den Flaggen der Siegermächte.

»Nimm sie bitte«, sagte Kolja zu Michael und schob sie ihm über den Tisch.

Die Kinder wollten nach Hause. Kolja gab Michael die Filme zum Entwickeln mit. Sie verabredeten, sich wieder zu treffen, sobald die Fotos fertig waren. Dann würde Kolja ihnen ausführlich die Reise schildern.

Noch spät am Abend erzählte Kolja seiner Frau einige Erlebnisse und erwähnte nebenbei, dass er großes Glück gehabt hätte, im Flugzeug einen Offizier aus dem ehemaligen Hauptquartier in Wünsdorf getroffen zu haben. Der Sohn der mit dem Mann befreundeten deutschen Familie habe sich freundlicherweise angeboten, ihn mit dem Auto zu fahren und auch Fotos für ihn zu machen.

So, dachte Kolja, damit wären die Fotos und die Ausflüge glaubhaft dargestellt, und lächelte verschmitzt über seine listige Erklärung.

Die Reise, die Zeitverschiebung, das reichliche Essen und der Wodka bewirkten eine schlagartig einsetzende Müdigkeit. Er wünschte seinem Frauchen noch eine gute Nacht, schlich ins Schlafzimmer, legte sich ins Bett und war auf der Stelle eingeschlafen.

Die Sonne schien bereits kräftig durchs Fenster, als Kolja seine Augen öffnete. Sein Blick fiel zuerst auf die »Schöne Ecke«, in der eine Ikone hing, dann auf die leere Bettseite neben sich, und nun wusste er, er war daheim. Er machte sich frisch, rasierte sich, zog sich an und betrat die Küche, wo Elena bereits alles fest im Griff hatte. Leika kam schwanzwedelnd heran und wartete auf eine Streicheleinheit. Diese wurde jedoch zuerst seiner Frau zuteil. Sie strahlte übers ganze Gesicht. »Du warst ja nicht lange fort, aber ich empfand es wie eine Ewigkeit.«

Der Tag war so warm, dass es sie noch am Abend vor die Tür lockte. Da saßen die beiden Alten glücklich und zufrieden auf der blankgewetzten Bank, und jeder hing seinen Gedanken nach. Irgendwann stand Kolja plötzlich auf und ging ins Haus, und Elena hörte ihn auf der Mundharmonika spielen. Er setzte sich wieder zu ihr auf die Bank und spielte noch ein oder zwei Stücke, ganz zur Verwunderung seiner Frau. Sie konnte sich kaum noch daran erinnern, wann er so verträumt mit seinem Instrument dagesessen hatte. Das wird wohl noch mit seiner Reise zusammenhängen, dachte sie. Doch was der wahre Grund dafür war, konnte sie nicht ahnen.

Ob sie jetzt beim Abendessen zusammensitzen?, dachte Kolja. Vielleicht sollte ich doch die ganze Geschichte meiner Frau erzählen. Nein, das würde nur eine endlose Fragerei nach sich ziehen, und viele mühsame Erklärungen müssten gefunden werden. Er beschloss, das Geheimnis weiter in seiner Brust zu verwahren.

Zwei Wochen später teilte Michael ihm telefonisch mit, dass die Fotos fertig waren, und sie verabredeten sich zum nächsten Wochenende. Kolja rief seinen alten Kamerad und Freund Pawel an.

»Hast du deine Lotte getroffen? Hast du deinen Sohn gesehen?«, fragte dieser aufgeregt

Kolja erwiderte: »Ja, kann ich nur antworten, zwei Mal ja!«

»Kolja, wann können wir uns treffen? Ich platze fast vor Neugier!«

»Ein paar Tage musst du dich noch gedulden, mein Freund«, erwiderte Kolja. »Nächstes Wochenende bringt mir Michael die Fotos, und am darauf folgenden Wochenende komme ich dann zu dir.«

Michael hatte zwei Fototaschen mit den Bildern mitgebracht und als Geschenk für seinen Vater ein Fotoalbum. »Damit du deine Reiseerinnerungen gut verwahren kannst.« Elena wollte zuerst das Essen auftragen, aber die Mehrheit war dafür, erst die Fotos anzusehen. »Dann mache ich wenigstens einen Tee«, resignierte Elena.

Kolja sah sich die Fotos an und legte beide Stapel in der Reihenfolge der Besichtigungstage zusammen. Er hatte erklärt, dass ein anderer Mitreisender Fotos gemacht hätte, sich aber nicht sicher sei, ob dieser sein Versprechen wahr machen und ihm die Bilder zusenden würde. Dann begann er die einzelnen Aufnahmen zu kommentieren. Sie wanderten im Kreis herum, wurden bestaunt, Fragen wurden gestellt und beantwortet.

Als Kolja die zwei Fotos hielt, auf denen sein Sohn zu sehen war, zitterte seine Hand ein wenig. Seine Frau nahm das Bild, auf dem Peter in Seelow mit Kolja zu sehen war, betrachtete es länger als die anderen und fragte dann: »Ist das der Bekannte des Offiziers, der für dich fotografiert hat?«

Kolja antwortete bewusst kurz und fast nebensächlich: »Ach ja, das ist er. Dieses Foto hat ein Museumsangestellter von uns gemacht.«

Doch Elena reichte das Foto noch nicht weiter. »So ein wenig wie du in jungen Jahren sieht er aus, findest du nicht auch?«

Kolja fühlte, wie Blut in seinen Kopf stieg, drehte sich etwas seitwärts und erwiderte gespielt leichthin: »Nein, kann ich nicht finden, sein Gesicht ist ja viel schmaler, und die Nase ist auch anders!«

»Doch, ein wenig Ähnlichkeit ist da«, beharrte seine Frau. Nun wollten die Kinder das Foto auch sehen und gaben ihre Meinung dazu ab. Kolja atmete tief durch und hoffte, mit den Erklärungen zu den nächsten Bildern die Aufmerksamkeit von diesem Foto ablenken zu können.

»Von den Zerstörungen durch den Krieg sieht man kaum etwas«, bemerkte Michael. »Ich kann mir gut vorstellen, dass diese Stadt einst sehr eindrucksvoll gewesen sein muss.«

»Das kannst du im Bildband nachsehen, da sind auch Aufnahmen aus den zwanziger und dreißiger Jahren drin.« Kolja holte das für Pawel bestimmte Buch, und nachdem sie seine Fotos angesehen hatten, blätterten sie den Bildband durch. Die Aufnahmen waren für alle so spannend, dass der Tee in den Tassen darüber kalt wurde.

Koljas Fahrt mit der U-Bahn, wie die Metro in Berlin heißt, fanden sie recht mutig in Anbetracht der Stationsnamen in deutscher Sprache. Seine Schilderung der Angebote in der Lebensmittelabteilung vom Kaufhaus KaDeWe rief Erstaunen hervor, doch ein Foto im Bildband dokumentierte einen Teil seines

Berichtes. »Kann sich das jeder kaufen?«, fragte Larissa ungläubig.

»Ich denke nein«, antwortete Kolja »Ich habe sehr viele Leute in der Abteilung gesehen, sie wollten alle nur schauen, und nur wenige haben wirklich etwas gekauft.«

»Also ist das fast wie bei uns«, stellte seine Frau fest. »Auch hier können sich nur die Neureichen alles leisten.«

Am folgenden Wochenende machte sich Kolja auf den Weg zu seinem Freund Pawel. Ehe er das Haus verließ, versprach er seiner Frau, bei Pawel zu übernachten und nicht etwa betrunken den Heimweg zu wagen. Der Hund wurde zum Abschied noch gestreichelt und sein Frauchen umarmt und geküsst. Dann begab sich Kolja zur Bushaltestelle. Die Tasche mit den Mitbringseln und den Fotos hatte er an einem Gurt über die Schulter gehängt. Der Bus brachte ihn zur Bahnstation, die Elektritschka bis nach Moskau und die Metro bis zu Pawel und seiner Frau.

Sie würden heute nur zu dritt sein, denn Nikita der Bär war seit längerer Zeit krank und bettlägerig. Pawels Frau bestand darauf, den beiden erst etwas zu essen zu machen. Sie wusste aus Erfahrung, wenn die Männer erst dem Wodka zugesprochen hatten, wollten sie nichts mehr vom Essen wissen. Sie hatte zur Feier des Tages Pelmeni, Blini mit geräuchertem Lachs und eine Sauerampfersuppe mit Nieren und Gewürzgurken vorbereitet. Die marinierten Pilze, die eingelegten Dillgurken und der gesalzene, getrocknete Fisch Wobla waren für die Wodkatrinker bestimmt.

Es wurde ein richtig gemütlicher Abend. Pawel bedankte sich wiederholt für den schönen Bildband und seine Frau über ein Halstuch mit Berlin-Motiven. Im Stillen dankte Kolja seinem Sohn für die finanzielle Unterstützung, die diese Geschenke erst ermöglicht hatte. Irina bewunderte Koljas Mut, noch einmal nach Deutschland gefahren zu sein, ohne die Sprache zu beherrschen. Als die Männer immer stärker dem Wodka huldigten, entschuldigte sie sich und ging hinüber zur Nachbarin, so wie sie es stets tat, wenn die Stimmen der Männer immer lauter, die Gesichter immer röter und die Flaschen leerer wurden. Kaum war die Wohnungstür ins Schloss gefallen, als Pawel seiner angestauten Neugier freien Lauf ließ und herausplatzte: »Erzähl, Kolja, wie und wo hast du Lotte getroffen?«

Kolja ließ ihn einige Sekunden zappeln und sagte dann mit leichtem Stolz in der Stimme: »Ja, mein Freund, ich habe Lotte getroffen und auch meinen Sohn Peter!« Dann berichtete er haarklein seine Erlebnisse, von der U-Bahn-Fahrt, dem Treppensturz, den Ausflügen mit seinem Sohn und den Stunden mit Lotte.

»Auf den Fotos, die wir uns angesehen haben, war da auch dein Sohn Peter drauf?«, fragte Pawel.

»Ja, ich zeige dir noch einmal das Foto«, antwortete Kolja und suchte die Aufnahme heraus.

»Er hat wirklich Ähnlichkeit mit dir«, stellte Pawel fest.

»Das hat auch Elena erkannt«, bestätigte Kolja leicht zerknirscht.

»Du hast aber nichts verraten, oder?«

»Nein, natürlich nicht.«

Pawel nahm den Bildband noch einmal in die Hand und blätterte darin. »Hier, hier ist das Haus, wo du die Mundharmonika gefunden hast. Das Bild ist aus den dreißiger Jahren, denke ich. Ich erkenne das Haus deshalb, weil noch ein Teil des Namens über dem Laden zu sehen ist. Siehst du, hier steht noch ›Musikalienha...‹. Der Rest ist nicht mehr zu sehen, weil ein Baum die Sicht verdeckt.«

»Wo war denn das?«, fragte Kolja.

Pawel faltete den Stadtplan auseinander, den Kolja ebenfalls mitgebracht hatte. Unter dem Bild stand »Friedrichstraße«,Pawel suchte den Namen im Straßenverzeichnis und zeigte Kolja die Stelle auf dem Plan.

»Ich bin mit Peter zwei Mal durch diese Straße gefahren, aber ich habe das Haus nicht erkannt. Sicher hat man es abgerissen«, meinte Kolja.

»Es hat sich alles so sehr verändert, und die vielen Jahre tragen auch dazu bei, dass man vieles vergessen hat«, tröstete Pawel seinen Freund.

Im Laufe des Abend fragte Kolja: »Erinnerst du dich noch an den Lieblingsspruch unseres Kommandanten Slava?«

Pawel überlegte nicht lange. »Kameraden, wie ihr wisst, ist der Alkohol unser Feind. Wir haben keine Angst vor dem Feind. Wir vernichten ihn. Na Sdarowje!« Noch zu später Stunde kochte er Tee. Sie tranken, redeten, wurden zusehends müder und beschlossen schließlich – es war bereits nach zwei Uhr in der Nacht –, sich schlafen zu legen. Kolja machte es sich auf dem Sofa bequem.

Bald darauf kam Irina zurück, sah die Fisch- und Brotreste, die Teelache und die leeren, umgekippten Wodkaflaschen und beschloss tief seufzend, das Schlachtfeld wenigstens etwas aufzuräumen. »Sieht nach einem gelungenen Abend aus«, murmelte sie. Dann gähnte sie, warf einen Blick auf den zusammengerollten, schnarchenden Kolja und ging ebenfalls schlafen.

Alltag in Berlin

Bei den Borcherts war wieder der Alltag eingekehrt. Ein paar Tage nach Koljas Besuch drehten sich die Gespräche noch um dieses Ereignis, dann drängten sich die täglichen Notwendigkeiten wieder in den Vordergrund. Doch eines Abends, Peter hatte sich bei seiner Mutter zum Abendessen angemeldet, lebten die Erinnerungen erneut auf. Peter hatte auf dem Film, der sich ursprünglich im Fotoapparat befunden hatte, einige Aufnahmen von Kolja gemacht. Jetzt legte er die drei Bilder als Überraschung auf den Tisch.

»Davon hast du mir nichts gesagt«, meinte Lotte leicht vorwurfsvoll. »Ich habe geglaubt, dass Kolja alle Filme mitgenommen hat, und ein wenig bedauert, dass ich von ihm kein Foto haben werde.«

Lotte sah ihren Kolja mit lächelndem Gesicht und blinkendem Goldzahn vor dem Reichstag, dann mit dem Arm auf das Brandenburger Tor zeigend und auf dem dritten Bild neben dem geliehenen Wagen stehend.

»Ich habe dann den Film gewechselt und Kolja gesagt, dass wir die Aufnahmen noch einmal machen müssten, weil ich der Meinung sei, die ersten wären nichts geworden.«

»Dann hat Kolja auch die Fotos mit diesen Motiven?«, fragte Lotte.

»Ja, gerade auf diese Fotos war er ganz versessen.«

»Darf ich mir ein Bild aussuchen?«, bat Lotte ihren Sohn.

»Die Bilder habe ich alle für dich mitgebracht. Ich werde für mich noch einmal Abzüge bestellen.«

Lotte ging zum Vertiko, holte einen Bilderrahmen und setzte sich wieder an den Tisch. »Tante Lieschen vor der Laube in Beeskow werden wir jetzt rausnehmen und gegen Kolja austauschen.«

»Das ist eine gute Idee«, stimmte Peter zu. »Und ich werde eines der Fotos gleich in Postkartengröße bestellen und mir dafür einen passenden Rahmen kaufen. Ich stelle meinen Vater auf meinen Schreibtisch, neben dein Foto.«

Sie überlegten, was Kolja jetzt wohl mache und wie es seiner Familie, besonders seinen Kindern, gehe. »Eigentlich schade, dass wir vereinbart haben, uns nie wieder zu sehen«, bedauerte Peter. »Vielleicht wären wir mit der Zeit eine große Familie geworden und hätten uns ab und zu besuchen können.« »Ich glaube, es ist besser so, wie es ist«, erwiderte Lotte und stellte Koljas Foto auf das Vertiko.

Dunkle Wolken über Larinskaja

Etwa zur gleichen Zeit rappelten sich zwei tapfere Wodkakameraden auf und trafen sich in der Küche, wo Irina bereits einen starken Tee und eine Kleinigkeit zum Essen vorbereitet hatte.

»Oh«, stöhnte Pawel die Maus, fasste sich an den Kopf und rückte seine verrutschte Brille gerade, »vor einigen Jährchen, eher vor Jahrzehnten hätten uns die paar Gläschen nicht so fertiggemacht.«

»Da stimme ich dir zu«, ächzte Kolja und reckte seinen krummgelegenen Rücken.

»Ihr solltet vor dem Trinken daran denken und nicht nachher jammern«, kommentierte Irina mit spitzer Zunge.

»Davon verstehst du nichts«, entgegnete Pawel und zog mit einer Tasse Tee, das Frühstück angewidert zurückweisend, ins Wohnzimmer. Kolja nahm anstandshalber zwei lecker riechende, noch warme Buchweizenpfannkuchen, die mit Warenje, einer Art dünner Marmelade, bestrichen und zweimal gefaltet waren, mit ins Nebenzimmer.

»Komm bitte nicht so nah mit deinem Essen, mir ist schon vom Geruch übel«, maulte Pawel und rückte, seine Worte bekräftigend, an die andere Tischecke. Nach einer halben Stunde waren die beiden so weit bei Kräften, dass Pawel darauf bestand, Kolja bis zur Metro zu begleiten. »Die frische Luft wird mir sicher guttun.«

Kolja verabschiedete sich von Irina, bedankte sich für ihre Gastfreundschaft und für ihre Geduld mit den beiden Männern.

»Ist schon gut«, wehrte sie ab, »nun sieh zu, dass du gut und schnell nach Hause kommst.«

An der Metro verabredeten die Männer, in absehbarer Zeit ihrem Kameraden Nikita einen Besuch abzustatten, um ihm Koljas Reiseerlebnisse zu erzählen. Kolja bedankte sich auch bei Pawel für den gelungenen Abend, und dieser dankte für den mitgebrachten Bildband.

»Auf bald«, rief Kolja, winkte und fuhr mit der Rolltreppe nach unten zum Bahnsteig. Pawel machte einen Umweg durch einen nahen Park, setzte sich auf eine Bank, sah den spielenden Kindern zu und hatte Mühe, nicht wieder einzuschlafen.

Zu Hause wurde Kolja von seiner Frau und dem Hund vor der Haustür empfangen. »Na, habt ihr wieder ausführlich in alten Erinnerungen geschwelgt?«, neckte ihn Elena, während Leika um seine Beine strich und japste, weil sie nicht beachtet wurde.

»Haben wir«, bestätigte Kolja und tätschelte den vor Freude winselnden Hund.

»Komm schon rein«, forderte Elena ihren Mann auf. »Übrigens ist heute ein Brief von Mascha gekommen. Sie bedankt sich auch im Namen von Ilja und Nina für die Geschenke aus Deutschland. Sie wollen uns bald besuchen kommen.« »Ich finde, sie sollten sich öfter sehen lassen, nicht nur ein oder zwei Mal im Jahr. Unsere Enkelin Nina würde sicher viel öfter zu uns kommen. Sie freut sich schon Tage vorher auf den Hund und ist richtig glücklich, von ihrem Plattenbau fort und hier im Garten zu sein. Nun ja, du weißt, dass ich mit Ilja nicht so gut zurechtkomme und Mascha lieber einen anderen Ehemann gewünscht hätte. Er spürt das, und so verstehe ich seine Zurückhaltung, uns öfter zu besuchen.« »Weißt du mein Frauchen, uns geht es doch gut, wenn ich unser Leben so betrachte. Die Kinder und Enkel sind gesund und munter und wir haben hier alles, was wir in unserem Alter noch so brauchen. Wir sollten dafür dankbar sein.« »Meinst du, wir sollten auch Gott dafür danken?«, ließ sich Elena leise vernehmen. Kolja zögerte einen Moment und meinte dann lächelnd:

»Na erstens kann das nicht verkehrt sein, und wenn ich an die kleine Messingikone denke, die mich im Krieg beschützt hat, dann sollten wir demnächst eine Kerze beim Popen kaufen und sie einem Heiligen stiften.«

Mühsam, Sprosse für Sprosse mit den Füßen ertastend, stieg Kolja die Leiter herab. Beim letzten Dauerregen tropfte es an zwei Stellen durch das Dach. Ehe die undichten Stellen abgetrocknet und somit nicht mehr zu sehen gewesen wären, war Kolja auf den Schuppen gekrochen und hatte die Schadstellen abgedichtet.

Schwer atmend schleppte er die Leiter an die Seite des Schuppens und setzte sich völlig geschafft, aber froh diese Arbeit noch selber ausgeführt zu haben, auf die Bank an der Hauswand.

Elena kam aus dem Haus, sah das sich Kolja auf ihrem Lieblingsplatz von der Arbeit erholte, und setzte sich neben ihn.

Sie sah ihn von der Seite an und meinte, wobei ihre Stimme besorgt klang:

»Musst Du dass auf deine alten Tage noch alleine versuchen? Kann das nicht Michael
oder ein anderer jüngerer Mann für Dich erledigen?«

»Ach was, es ist doch gut gegangen. Da habe ich wenigstens das Gefühl noch zu etwas nützlich zu sein,« antwortete Kolja und lächelte besänftigend.

Die nachmittägliche Stille unterbrach ein brummendes Geräusch vom Dorfeingang her. Da im Dorf alles seinen gleichförmigen, wohlbekannten Ablauf hatte, fiel den beiden diese ungewohnten Laute sofort auf.

»Was das wohl für ein Auto ist?«, überlegte Elena.

»Das ist kein Auto, das ist ein Motorrad, denke ich«, vermutete Kolja. Sie sahen in die Richtung, aus der ein Knattern immer lauter zu hören war.

Elena, die noch bessere Augen als Kolja hatte, rief: »Du hattest recht, es ist ein Motorrad, so eins mit Beiwagen.« Bald konnten sie das Motorrad und den Fahrer deutlicher sehen und Kolja stellte fest: »Das ist eine Dnepr750 mit Beiwagen.«

Seltsam dachte Kolja, etwas stimmt mit der Maschine nicht. Entweder ist die Lenkung defekt, oder der Fahrer betrunken. Diesen Eindruck konnte man gewinnen, da sich das Fahrzeug in Schlangenlinien näherte. Der

Motorradfahrer blieb etwa einhundert Meter entfernt stehen, sah sich nach allen Seiten um und setzte seine Fahrt fort.

»Will er etwa zu uns«, murmelte Kolja.

»Sieht ganz danach aus«, meinte Elena. Dann stand das Gespann vor Koljas Haus. Der Fahrer stieg schwerfällig ab und näherte sich, sichtlich unter Alkohol stehend, dem Zaun.

Er beugte sich über den Zaun, sah die alten Leute auf der Bank sitzen und brach in ein grölendes Gelächter aus.

»He Kolja, hättest wohl nicht gedacht noch einmal etwas von deinem alten Kameraden Leonid zu hören, was. Wie du siehst, hast du dich geirrt. Weis dein Frauchen eigentlich, dass du dir ein deutsches Täubchen in Berlin zugelegt hattest? Hast es sicher ganz schön rangenommen. Würde mich nicht wundern, wenn du dabei sogar ein Kind gezeugt hast, haha.«

Die Vergangenheit hatte Kolja eingeholt.

Kolja war vor Entsetzen starr und sein Kreislauf war kurz vor dem Versagen. Elena hatte die Worte gehört, aber sie begriff nicht die Tragweite der Worte. Schwankend, sich mit einer Hand an einer Zaunlatte festhaltend begann der Mann erneut:

»Deine blonde Eroberung war ja ein ganz widerspenstiges Biest, so hat sie sich gewehrt, als ich auch etwas vom Honig haben wollte. Schade, dass du sie nicht noch als Kriegsbeute mit in die Heimat nehmen konntest, haha.«

Sein lautes Grölen hatte einen Nachbarn mit seiner Frau, die auf dem Weg nach Hause waren, stehen bleiben lassen. Aus der Entfernung konnten sie die Worte des Mannes nicht verstehen. Aber dann sahen sie, dass Kolja beiden letzten Worten des Fremden mühsam aufstand und mit erhobenen Fäusten zum Zaun lief. Betroffen sahen sich Koljas Nachbarn an und beeilten sich, weiterzugehen. Wer weiß, was sich daraus noch entwickeln könnte, dachte der Mann und zog seine Frau am Arm fort.

Kolja stand nun ganz dicht vor Leonid und konnte in dessen Gesicht blicken. Er erkannte ihn nicht wieder, so sehr hatte der Alkohol das Gesicht entstellt. Es war bleich, aufgedunsen und die Augen starrten ihn, unter schweren Lidern, böse an.

»Du warst also das Schwein«, stieß Kolja zwischen den Zähnen hervor und holte wutentbrannt zum Schlag aus. Leonid erkannte sofort die Gefahr, drehte sich um, setzte sich auf das Motorrad und gerade, als Kolja zum Gartentor eilte, drehte er die Maschine um und raste, ohne sich noch einmal umzudrehen, in Schlangenlinien davon.

Kolja stand regungslos am Tor und sah dem Motorrad nach. Langsam, Schritt um Schritt ging er zum Haus, setzte sich wieder auf die Bank und blickte finster vor sich hin.

Elena saß, blass bis zu den Haarwurzeln neben ihm und wagte kaum zu atmen. Was ist eben geschehen, ging es ihr durch den Sinn? Wer war der Mann und was hatte er gemeint, als er von einer deutschen Frau gesprochen hatte? Was hat mein Kolja damit zu tun?

Sicher ist das nur ein Irrtum, beruhigte sie sich. Doch dann überlegte sie, wie Kolja auf die Worte des Fremden reagiert hatte, und wie wütend er mit erhobenen Fäusten zum Zaun gelaufen war.

»Kolja«, bat sie, »bitte sage mir, dass das eben nur ein böser Traum war.«

»Komm, lass uns ins Haus gehen«, antwortete Kolja und stand auf.

Nach dem Krieg war Leonid Antonow ins Nachbardorf zurückgekehrt. Das Haus bewohnte er mit seinen Eltern. Nach kurzer Zeit jedoch hatte er eine Arbeitsstelle in einem Erzbergwerk in Sibirien angenommen. Dort hatte er geheiratet und eine Familie gegründet. Wie so oft bereitete seine Alkoholsucht immer wieder Probleme. Seine Ehe war gescheitert und seine beiden Kinder wollten von ihm nichts mehr wissen. Immer wieder verlor er eine Anstellung und rutschte tiefer und tiefer ins soziale Abseits. Nun war er heimgekommen und gedachte seine alten Tage im Haus seiner Eltern zu verbringen. Nach deren Tod hatte ein Verwandter, namens Boris Saburow, das Haus bezogen um es nicht verfallen zu lassen. Es dauerte nur einige Wochen und Leonid hatte sich sooft mit seinem Verwandten gestritten, dass dieser es vorzog, sich woanders eine Bleibe zu suchen. Bald hatte Leonid herausbekommen, dass es Kolja sehr gut ginge, er eine intakte Familie hatte und sich an Kindern und Enkel erfreute.

Besonders, wenn er voll des Wodkas daran dachte, stieg in ihm der Zorn empor. Warum hat er nur so ein Glück, und ich nicht, dachte er immer öfter.

Er empfand es in seinem vom Alkohol bereits sehr in Mitleidenschaft gezogenem Gehirn als ungerecht. So steigerte sich seine Missgunst immer mehr, bis er halb von Sinnen, auf das Motorrad stieg, um seinen Kameraden, der es nach seiner Meinung, immer besser gehabt hatte als er, eins auszuwischen.

Elena und Kolja saßen sich schweigend am Küchentisch gegenüber. Elena brach das Schweigen. »Sag mir, was hat das zu bedeuten? Ich verstehe nicht, was der Mann von Dir und einer Deutschen gemeint hat.«

Kolja legte die Hände auf den Tisch, holte tief Luft, sah seiner Frau fest in die Augen und begann zu erzählen. Er erzählte, wie er Lotte kennengelernt hatte, und wie sie ineinander verliebt waren. Ja, auch dass er einen Sohn hat, verschwieg er nicht. Die Sonne versank am Horizont und die abendliche Dämmerung breitete sich im Zimmer aus. Als Kolja das Licht anmachen wollte, sagte Elena »Lass es aus, wir müssen uns ja nicht sehen, wenn Du erzählst.«

Nachdem er seine Beichte beendet hatte, herrschte Stille in der Stube. Dann hörte Kolja tief berührt Elena sagen: »Ich kann gut verstehen, dass sich die Deutsche in dich verliebt hat. Mir ist es doch ebenso ergangen. Ich trage dir nicht nach, dass du geschwiegen hast. Wer weiß, was aus uns geworden wäre, wenn du es mir in unserer Jugend erzählt hättest. Vielleicht säßen wir jetzt nicht hier als ein altes, glückliches Ehepaar.«

Diese Worte ließen Koljas Augen feucht werden, er langte über den Tisch, ertastete die Hände seiner Frau, hielt sie zärtlich fest, streichelte sie und

sagte nur »Ich danke dir von ganzem Herzen, mein Frauchen.«
Elena stand auf, machte das Licht an und sagte mit einem verstehenden Lächeln:
»Dann hatte ich wohl doch recht, als ich auf dem Foto in dem Museum die Ähnlichkeit des jungen Mannes mit dir bemerkte.«
»Ja, hast du«, gab Kolja zu, umarmte seine Frau und sie gingen schlafen.
Den folgenden Tag gingen sie ihrer täglichen Arbeit nach. Ab und zu runzelte Kolja die Stirn und grübelte über das Auftreten von Leonid nach. Nein, so soll er mir nicht davonkommen, dachte er bitter und beschloss zu Leonid zu fahren, um ihn gehörig die Meinung zu sagen.
Am späten Nachmittag holte er sein betagtes Motorrad aus dem Schuppen, und auf Elenas Frage, wo er hinwolle, rief er ihr zu: »Ich fahr schnell ins Nachbardorf und hole mir etwas Material für das Schuppendach."«Seltsam überlegte Elena, das Dach hat er doch erst gestern in Ordnung gebracht. Na er wird wohl wissen, was er noch braucht.
Bald darauf stand Kolja vor dem Haus Leonids.
Als er im Begriff war, abzusteigen, fühlte er erneut, wie Wut in ihm hochstieg. Vielleicht schlage ich ihn noch tot in meiner Wut, ging es ihm durch den Kopf. Das ist die Sache wirklich nicht wert und außerdem würde sich bei mir zu Hause auch nichts mehr an der Geschichte ändern. Möge er sich bald totsaufen. Spuckte vor die Gartentür, startete sein Krad und fuhr zurück.

Vorher jedoch kaufte er ein Päckchen Nägel, damit Elena nicht misstrauisch würde.
Die Feuerwehr, die lärmend in der Nacht durch das Dorf raste, schreckte sie aus der Nachtruhe.

»Die fahren in Richtung Semenowka, wo auch Leonid wohnt«, mutmaßte Elena.

»Oder sie fahren zu einem dahinterliegenden Dorf«, brummte Kolja, drehte sich auf die andere Seite und meinte, »schlaf lieber, was geht es uns an.«
Am folgenden Tag hörte Elena von einer Bekannten, dass die Feuerwehr zu einem Brand nach Semenowka gerufen worden war. Nach den Löscharbeiten hätten die Rettungskräfte eine Leiche unter dem Brandschutt des Schuppens gefunden. Näheres wusste sie auch nicht zu berichten.

Es war so gegen fünf Uhr des nächsten Tages, als lautes Klopfen und Rufen die beiden alten Leute aus dem Schlaf rissen. Schlaftrunken, vor sich hin schimpfend zog sich Kolja einen Mantel über und tappte zur Tür. Er öffnete, und ehe er ein Wort herausbringen konnte, hatte ihn zwei Milizionäre gepackt und zurück in das Haus gedrängt. In diesem Moment erschien Elena im Schlafgewand in der Türöffnung und rief entsetzt, »Was wollt ihr von meinem Mann?«
Ohne sie eines Blickes zu würdigen, befahlen sie Kolja:

»Ziehen sie sich etwas über. Wir geben ihnen fünf Minuten.«
Mit zitternden Händen zog sich Kolja an, wobei ihn die Milizionäre keinen Moment aus den Augen ließen

und sagte dann gefasst. »Wir können jetzt gehen.« Mit einem prüfenden Blick auf den alten Mann sagte einer der beiden grinsend:

»Auf Handschellen können wir wohl verzichten. Du wirst uns schon nicht weglaufen.« Dann packte sie Kolja an den Armen und schoben ihn vor sich her zum Wagen. Der größere der Milizionäre drehte sich kurz über die Schulter schauend nach Elena um und rief zurück:

»Wenn er unschuldig ist, dann hast du deinen Mann auch bald wieder zurück.«

Woran sollte Kolja schuldig sein, ging es durch ihren Kopf. Sie rief den Männern noch nach: »Wohin bringt ihr meinen Mann?« Doch die hatten bereits die Türen des Wagens zugeschlagen und fuhren davon.

Die Tränen flossen augenblicklich und sie sank auf der Bank vor dem Haus zusammen. Dann schlich sie ins Haus, setzte sich an den Küchentisch und überlegte, was zu tun sei. Aus Erfahrung wusste sie, dass es schwer, ja fast unmöglich war, Informationen von Behörden zu erhalten. Sie aß nur ein paar Löffel Kascha, trank etwas Tee und begann sich anzuziehen.

Gegen zehn Uhr trat sie vor die Haustür und war im Begriff zum Dorfältesten zu gehen, der meist einen guten Rat zu geben wusste. Doch wie erschrak sie, als sie etwas entfernt vom Haus eine Gruppe Dorfbewohner entdeckte, die sofort verstummten, als Elena aus der Tür trat.

Was hat das zu bedeuten, dachte Elena und ging gefasst auf die Gruppe zu. Als sie ihre Nachbarin entdeckte, fragte sie:

»Sag Ludmilla, was macht ihr vor unserem Haus und was hat das alles zu bedeuten?«

Ludmilla druckste herum und rückte schließlich mit der Sprache heraus.

»Die haben deinen Kolja mitgenommen, weil er im Nachbardorf einen Mann getötet und dann das Haus angezündet haben soll.«

»Wieso soll es denn ausgerechnet mein Mann gewesen sein, und warum sollte er so etwas getan haben?«, rief Elena entsetzt.

Ein älterer Mann hob die Hand, um anzudeuten, dass er etwas sagen möchte. Er berichtete, dass am selben Tag, nachdem man die Leiche gefunden hatte, die Bewohner der umliegenden Dörfer von der Miliz befragt wurden, ob sie etwas zur Aufklärung beitragen könnten. So hatte sie auch das Ehepaar befragt, die den Streit zwischen Kolja und dem Mann auf dem Motorrad mitbekommen hatten. Und es war genau dieser Mann, der ums Leben gekommen war.

Elena schlug die Hände vors Gesicht und schluchzte:

»Nie und nimmer hat das mein Kolja getan.«

Sie drehte sich um, und als sie jetzt wieder ins Haus gehen wollte, hörte sie noch eine Frauenstimme hinter sich herrufen: »Am Tag, an dem das passiert ist, da hat man deinen Mann vor dem Haus des Opfers gesehen.«

Sie stürzte ins Haus, warf die Tür hinter sich zu und sank auf einem Küchenstuhl nieder. Was hatte die

Frau ihr nachgerufen? Kolja hatte man vor dem Haus des Opfers gesehen?

Etwas kroch eiskalt ihren Rücken hoch. Also war mein Mann nicht wegen des Materials für das Dach nach Semenowka gefahren, sondern er ist zu Leonid gefahren, um ihn zur Rede zu stellen. Was mag da wohl zwischen den beiden vorgefallen sein, dachte Elena. Egal, was die Leute vermuten, mein Kolja hat ganz sicher weder Leonid getötet noch das Haus angezündet. Sie war sich dessen so sicher, dass dieser Gedanke sie sichtlich beruhigte.

Sie war fest überzeugt, dass sie Kolja nach Sudogda gebracht hatten, weil das der nächstgrößere Ort war.

So hatte auch Kolja gedacht. Doch als der Wagen auf die große Landstraße einbog, ahnte er, dass sie ihn nach Wladimir brächten.

In Wladimir verhörten sie ihn stundenlang ohne ein greifbares Ergebnis. Ja, ich war an diesem Tag in Semenowka. Ja, ich wollte Leonid zur Rede stellen, aber ich bin dann wieder weggefahren und habe Material für mein Dach gekauft, hatte Kolja wieder und wieder zu Protokoll gegeben. Seine Frage, ob man ihn in der Nacht dort gesehen hätte, zumal sein Motorrad laut genug war, überhörten die vernehmenden Beamten, waren sie doch froh, einen Schuldigen präsentieren zu könne.

Die Gerichtsmediziner hatten den Todeszeitpunkt Leonids mit etwa zweiundzwanzig Uhr angegeben. Als Todesursache hatten sie eine schwere Schädelverletzung festgestellt. Das Feuer, so hatten die Brandexperten herausgefunden, war zuerst im Schup-

pen ausgebrochen und hatte dann auf das Haus übergegriffen. Immer wieder hatte Kolja wiederholt, er sei nur am Nachmittag vor dem Haus Leonids gewesen. Gegen achtzehn Uhr war er wieder zu Hause angelangt und hätte das Haus nicht mehr verlassen. Das könnte auch seine Frau bezeugen. Doch das ließen sie nicht gelten. Das würde jede Frau für ihren Mann bezeugen, meinten sie.
Aufgrund der Beweislage, obgleich die Indizien mehr als dürftig waren, bereitete man die Anklage vor.

Elena, die ihren Mann während der Untersuchungshaft nur einmal sprechen durfte, war verzweifelt. Alles schien so hoffnungslos. Sie konnte sich keinen Rechtsanwalt für die Verteidigung leisten, sodass ein Pflichtverteidiger vom Staat gestellt wurde. Die Verhandlung sollte so bald wie möglich angesetzt werden, hatte man ihr gesagt.
Bei einer langjährigen Freiheitsstrafe, so ging es ihr durch den Sinn, würde sie ihren Mann sicher nicht mehr wiedersehen. Dazu wären sie beide zu alt.
Ihre kleine, heile Welt schien nun zerbrochen.

Eines Abends, Elena hatte sich mit einer Tasse Tee vor den Fernseher gesetzt, um sich abzulenken, klopfte es leise an der Eingangstür. Anfangs hatte sie durch die Geräusche des Fernsehers gedacht, sie hätte sich geirrt. Sie stellte ihn leise und tatsächlich, da war wieder das zaghafte Klopfen. Um diese Zeit, überlegte sie, das kann nur ein Nachbar sein. Lief zur Tür und öffnete sie. Es war Kolja, der ihr um den Hals fiel und sie fest umschlungen hielt.
Stockend hörte sie ihn flüstern:

»Nun wird uns niemand mehr trennen.«
Elena hatte ihn mit weit aufgerissenen Augen angeschaut und nur gefragt:
»Was ist geschehen?«
Ja, was war geschehen?

Leonids Verwandter, Boris Saburow, er wohnte, seit ihn Leonid hinausgeworfen hatte, in einem Dorf unweit von Semenowka. Arbeitslos und nur in dem Haus seiner Tante wohl oder übel gelitten, war er, wie Leonid, zum Trinker geworden. Sahen sich die beiden, so drohte Boris stets: »Eines Tages werde ich dir alles heimzahlen.«
An dem Tag, als Kolja vor dem Haus Leonids stand, war Saburow in Semenowka gewesen und hatte Kolja mit seinem Motorrad vor dem Haus Leonids gesehen. Da hatte er eine Idee. Eine bessere Gelegenheit heute mit Leonid abzurechnen, konnte es nicht geben.

Gegen zweiundzwanzig Uhr betrat er den Garten Leonids. Als er vergeblich an der Haustür geklopft hatte, rief er nach Leonid, der ihm aus dem Schuppen antwortete. Im Schuppen stritten sich die Männer so heftig, dass zuerst Leonid nach einer Schaufel griff, um damit nach Boris zu schlagen. Dieser hatte sich eine schwere Rohrzange von einem Bord gegriffen, hatte den Hieb Leonids abgewehrt und mit der Zange zugeschlagen. Leonid lag auf dem Boden, er rührte sich nicht mehr und eine Blutlache begann sich unter dem Kopf auszubreiten. Das habe ich nicht gewollt, schoss es durch Boris Gehirn und schleuderte die Zange weit von sich, wobei sie durch das Schuppenfenster auf den Hof flog. Was tun, war sein nächster Gedanke. Ich muss alle Spuren vernichten, dachte er. Ich werde Feuer legen, dann gibt es nichts mehr für die Miliz herauszufinden. Er steckte herumliegende ölige Lappen an, warf sie in einen aufgestapelten Heuhaufen und flüchtete hinaus in die dunkle Nacht. Ehe das Feuer entdeckt wurde, hatte es auf das Wohnhaus übergegriffen und bevor die Feuerwehr eintraf, waren vom Haus und dem Schuppen nur verkohlte, rauchende Trümmer übrig.

An diesem Abend, als seine Tante ihn nach seiner Rückkehr auf seine ölverschmierten Hände ansprach, war er wuterfüllt auf sie zugegangen und hatte sie angeherrscht, dass sie das einen Dreck anginge. Sie war so erschrocken über seinen Wutausbruch, dass sie sich umgehend zurückzog. Die Nachricht von dem Mord hatte sich alsbald bis zu ihrem Dorf herumgesprochen. Die Leute tuschelten über einen Mann aus Larinskaja, der der Täter sein sollte. Dann las sie in der Zeitung, dass es Leonid war, der ums Leben gekommen war. Tatzeit und vermutlicher Tathergang konnte sie auch aus dem Artikel entnehmen.

Ein Gedanke ließ ihr ab da keine Ruhe. Ein Fremder aus Larinskaja sollte Leonid erschlagen haben? Viel eher hätte Boris einen Grund gehabt das zu tun, grübelte sie. Dann fiel ihr ein, wann Boris mit den ölverschmierten Händen in der Nacht nach Hause gekommen war. Die Zeit, an der die Tat geschehen war, deckte sich mit der Zeit, als er danach etwas später heimkam.

Eines Abends fragte sie ganz vorsichtig, ob ihm nichts aufgefallen wäre, als er in Semenowka war. Es war doch um die Zeit, als das Verbrechen passierte. Seine Reaktion war daraufhin so erschreckend, dass sie laut aufschrie.

»Du blöde Kuh, wenn du mir vielleicht damit unterstellen willst, dass ich damit etwas zu tun haben könnte, bringe ich dich um. Halt einfach deinen Mund, dann geschieht dir auch nichts.«

Der Schock saß tief bei ihr. Sie hatte ab diesem Moment panische Angst vor Boris und war sich nicht sicher, ob er sie in seinem Suff nicht umbrächte. Diesen Druck hielt sie nicht lange stand und offenbarte sich einer guten Freundin. Diese Frau war couragiert genug und berichtete der Miliz von diesem Verdacht.

Um es kurz zu machen, Boris wurde verhaftet und stundenlang verhört. Dann brach er zusammen und gestand, Leonid erschlagen zu haben. Als er die Rohrzange erwähnte, wurde der Garten noch einmal gründlich abgesucht. Sie wurde in einem hohen Brennnesselbusch dicht beim Schuppen gefunden. Bei der Untersuchung fand man sogar noch ein paar verwertbare Fingerabdrücke von Boris darauf.
So kam es, dass man Kolja aus der Zelle holte, erklärte er sei nun frei und vor die Tür der Haftanstalt setzte. Kolja hörte weder ein Wort der Entschuldigung noch ein Wort, warum es zu dieser Wendung gekommen war.

So stand er am späten Vormittag, ohne Geld vor der Haftanstalt und wollte so schnell wie möglich

heim zu seiner Elena. Als er verhaftet wurde, hatte er in der Eile kein Geld mitgenommen. So bat er den Ladenbesitzer einer Fleischerei um das Fahrgeld. Dieser hörte sich Koljas Geschichte an, nickte verstehend, griff in die Kasse und gab Kolja das Fahrgeld für den Bus. Kolja versprach, ihm das Geld umgehend wiederzugeben.
»Eilt doch nicht«, rief ihm der Fleischer noch nach.
Der Bus setzte ihn bei Larinskaja ab und Kolja stand nach einem kurzen Fußmarsch erschöpft, aber glücklich, vor der Tür seines Hauses und klopfte.

Koljas Frieden

Es vergingen Wochen, ehe sich die Aufregung im Hause der Markows legte. Das Geschehene konnten die beiden alten Leute jedoch nicht mehr aus ihren Köpfen verdrängen. Sie bemühten sich, dieses Ereignis mit keinem Wort erneut aufleben zu lassen. Besonders Kolja merkte man an, dass die Anklage tiefe Spuren in ihm hinterlassen hatte.
Selbstverständlich war den Kindern und Enkeln alles erzählt worden. Sie hatten entsetzt Koljas Bericht zugehört und waren zutiefst froh über den Ausgang der Geschichte. Auch sie beschlossen, dieses Thema nie wieder zu erwähnen, um Elena und Kolja nicht aufzuregen.
Sein alter Kamerad Pawel hatte die Geschichte mit der Verhaftung und deren glücklichen Ausgang bereits

aus der Zeitung erfahren. Eines Abends klingelte das Telefon, und Pawel war am anderen Ende.

»Was gibt es, dass du mich so außer der Reihe anrufst?«, fragte Kolja.

»Keine guten Nachrichten«, begann Pawel. »Mich hat vor einigen Minuten Nikitas Frau angerufen und mitgeteilt, dass Nikita gestern Abend im Krankenhaus verstorben ist. Ich habe zugesagt, zur Beerdigung zu kommen. Kommst du auch?«

Kolja schwieg von der Nachricht tief getroffen ein Weile, und erst als Pawel seine Frage wiederholte, versprach er mit leiser Stimme, ebenfalls zu kommen. Seine Frau hatte bemerkt, wie sich Koljas Stirn urplötzlich in Falten legte und es um seine Mundwinkel zuckte. »Schlechte Nachrichten?«, fragte sie.

Kolja berichtete vom Inhalt des Gespräches. »Weiß du, dass es gerade Nikita ist, der uns so früh verlassen hat, das betrübt mich besonders. Er, ein Bär von einem Mann, den nichts im Gefecht aus der Ruhe brachte, dem wir so viel zu verdanken haben, der uns viele Male aus bedrohlichen Situationen gerettet hat, er geht als Erster von uns. Das ist tragisch. Solange wir leben, werden wir mit Dankbarkeit und Achtung an ihn denken.« Nach diesen Worten ging er vor das Haus, setzte sich auf seinen Lieblingsplatz und hing seinen Gedanken nach.

Die Nachricht hatte ihn tiefer getroffen, als er sich eingestehen wollte. Plötzlich bemerkte er, wie sich seine Kriegsverwundung bemerkbar machte, und er war sich sicher, dass es nicht an der kühlen Abendluft lag. Ab und zu erinnerte er sich wehmütig an seine Mundharmonika, die ihn durch alle Kriegswirren begleitet hatte, fand aber nicht mehr die Kraft, um sie aus der alten Holzkiste vom Dachboden zu holen. Nach Nikitas Beerdigung war er schweigsamer als sonst, und selbst die Versuche seiner Frau, ihn aufzuheitern, schlugen fehl.

Der Sommer in diesem Jahr entwickelte sich zu einem Jahrhundertsommer. Die Temperaturen erreichten Rekordwerte, und die Markows waren froh und glücklich, nicht in der heißen Stadt leben zu müssen. Sicher, hier auf dem Land herrschten die gleichen Temperaturen, aber man konnte sich im Garten in den Schatten eines Baumes setzen oder am nahen Fluss ein wenig ins Wasser gehen. Sobald die Sonne am Horizont verschwunden war, dauerte es nicht lange, und eine kühlende Abendbrise ließ die Menschen aufatmen. In der Stadt hingegen speicherten die Mauern die Tageshitze und hielten sie bis tief in die Nacht fest.

Dem heißen Sommer folgte ein außergewöhnlich langer warmer Herbst, der bis Ende Oktober die Menschen verwöhnte. Das Jahr neigte sich dem Ende zu, und die Zugvögel waren scharenweise, laut schnatternd oder leise, mit gleichmäßigem Flügelschlag vorübergezogen. Nun glitzerten die ersten Frostkristalle am Morgen in den Gräsern, das Laub am Boden war wie mit Puderzucker überstäubt, und es knirschte unter seinen Schritten, wenn Kolja zum Brunnen ging, um Wasser zu holen.

Oft saß er abends am großen Ofen, der eine anheimelnde Wärme verströmte, und blätterte in dem Fotoalbum, das ihm sein Sohn Mischa für die Berlin-Bilder geschenkt hatte. Er hatte sich in Berlin einige Notizen gemacht. Das sollte ihm später das Einordnen der Bilder erleichtern, und es half, die Orte mit den richtigen Namen zu versehen. Es waren erst einige Monate vergangen, doch die Zeit in Deutschland schien ihm viel länger zurückzuliegen. Nur ab und zu, wenn er an Lotte dachte, atmete er tief durch, und ein Lächeln huschte über sein Gesicht.

Der Winter wollte dem Sommer in nichts nachstehen und brachte mit gleicher Kraft seine Kälte, wie der Sommer die Hitze gebracht hatte. Er ließ es tagelang schneien, so dass es morgens aller Kraft bedurfte, Stück für Stück die Haustür aufzustemmen, um sich dann einen schmalen Weg bis zum Schuppen oder zum Brunnen freizuschaufeln. Der war mit Strohmatten und Bohlen gegen die beißende Kälte gut geschützt, so dass der Frost keine Chance bekam, das Wasser in der Tiefe gefrieren zu lassen.

Die Kälte hatte auch ihr Gutes. Elena konnte ihre Pelmeni, die schmackhaften, mit Hackfleisch gefüllten Minimaultaschen, getrost im Schuppen lagern. Der tiefe Dauerfrost funktionierte mindestens so gut wie ein moderner Tiefkühlschrank. Bei Bedarf wurde ein Teil der Pelmeni aus dem natürlichen Tiefkühllager geholt und entweder in einer kräftigen Fleischbrühe gegart oder nach dem Garen mit heißer Butter übergossen.

Nur ein Familienmitglied konnte diesem Wetter und dem tiefen Schnee nichts abgewinnen, und das war Leika. Kaum hatte man sie aus verständlicher Notwendigkeit vor die Tür gesetzt, kam sie nach Erledigung ihres Geschäftes blitzschnell zurück und bat bellend und winselnd um Einlass in das schützende Haus. Dann flitzte sie sofort zum Ofen und kroch unten in die große Öffnung, wo auch das Holz getrocknet wurde.

Doch auch die strenge Herrschaft des Winters wurde im März von den lange herbeigesehnten Sonnenstrahlen mehr und mehr zurückgedrängt. Wochen später zogen die ersten heimkehrenden Zugvögel am Himmel über Larinskaja entlang, und der Schnee weinte sich, Rinnsale und Pfützen bildend, zu Tode. Die ersten Frühlingsblumen steckten mutig ihre Köpfe aus der Erde, und wenn die Sonne die Erde erwärmte, meinte man, den Frühling riechen zu können.

Kolja hatte das traditionelle Treffen mit Pawel zum Tag der Streitkräfte aufgrund der Witterungsverhältnisse zum ersten Mal absagen müssen. Im Mai traf die Nachricht von Pawel ein, dass auch ihr alter Kampfgefährte und Kommandant Wladislaw Woronin, den sie Slawa nennen durften, gestorben war.

»Wieder einer von uns weniger«, lautete Koljas kurzer Kommentar. Der Sommer kam in diesem Jahr zögernd, mit langen Regenperioden und recht spät. Es fiel Kolja immer öfter schwer, seine tägliche Arbeit im Garten und im Haus zu verrichten. Besonders morgens brauchte er eine Weile, ehe ihm seine Muskeln und Gelenke wieder gehorchten. Oft stakste er steifbeinig vors Haus, um seine Glieder von der Sonne aufwärmen zu lassen. Seine Frau verfolgte seine langsam verfallende Gesundheit mit großer Sorge und versuchte, ihrem Kolja mit alten überlieferten Hausmitteln zu helfen. Diese Anteilnahme tat ihm gut, und er dankte ihr dafür von Herzen. Wie wenig jedoch die Mittel halfen, verschwieg er, um ihr nicht weh zu tun. Besonders wenn er sich bei der Arbeit anstrengen musste, begann sein Herz sich mit stechenden Schmerzen bemerkbar zu machen. Davon sagte er seiner Elena auch kein Wort, um sie nicht noch mehr zu beunruhigen. Den Sommer über hatte er nur ein paar Mal Larinskaja verlassen, um seinen Sohn zu besuchen und sich ein einziges Mal mit Pawel zu treffen. Seine blauen Augen verloren mehr und mehr den strahlenden Ausdruck, und die Falten kerbten sich zusehends tiefer in sein Gesicht. Er machte sich keine Illusionen über seinen Gesundheitszustand und war froh, wenn er morgens aufwachte und das Gezwitscher der Vögel hörte.

Der Sommer hatte sein Regiment an den Herbst abgetreten. Es hatte den Anschein, als wollte der die fehlende Wärme des Sommers nachholen. Er bescherte dem Land lang anhaltende Schönwetterperioden mit milden Temperaturen und Sonnenschein. Die Zeit der Ernte war gekommen. Man brachte ein, was man gesät und angepflanzt hatte, um mit den Gaben der Natur über den Winter zu kommen. Die Sonnenblumen in Koljas Garten waren überreif und verströmten ihren eigenartigen, herben Duft stärker als in den vergangenen Jahren. Kolja hatte sein Tagwerk beendet und saß auf der Bank vor dem Haus, während seine Frau das Abendessen zubereitete.

Leika hatte sich zwischen seinen Füßen zusammengerollt und blinzelte ab und zu in die sinkende Sonne. Koljas Gedanken wanderten den Abendwolken folgend in die Ferne. Mal schien er Lottes Gesicht in den Wolkengebilden entdeckt zu haben, dann standen unvermittelt Szenen aus den Kämpfen vor seinen Augen, Peters Gesicht huschte vorbei, er sah sich und Elena als junges Liebespaar am Fluss, und er fühlte erstaunt, aber nicht beunruhigt, wie eine unbekannte Kraft sich seines Körpers bemächtigte. Seine Beine taten ihm nicht mehr weh, der Geruch der Sonnenblumen wurde immer stärker, das Atmen fiel ihm leichter, und das Licht der untergehenden Sonne drang, immer heller werdend, in seine Augen, so dass er sie schließen musste. Das Letzte, was er fühlte, war eine angenehme wohlige Müdigkeit. Dann sank sein Kopf ihm auf die Brust, und die kleine Messingikone entfiel seinen Fingern.

Leika war es, die winselnd in die Küche gelaufen war, gebellt hatte und wieder vors Haus gerannt war. Sie verhielt sich so eigenartig, dass Elena ihr folgte und ihren Kolja friedlich entschlafen vorfand. Sie schrie auf, und Leika begann, Kolja die Hände zu belecken. Mit übermenschlicher Kraft schleppte Elena ihren Mann bis ins Schlafzimmer. Dann brach sie weinend neben dem Bett zusammen.

Koljas lange Lebensreise war auf dieser Welt zu Ende.